खिलौना नगर

वाणी प्रकाशन
नयी दिल्ली-110002
फोन : 23273167, 23275710 • फैक्स : 23275710
e-mail : vani_prakashan@yahoo.com
vani_prakashan@mantraonline.com

खिलौना नगर

नवारुण भट्टाचार्य

अनुवाद

सुशील गुप्ता

ISBN : 978-81-8143-011-3

वाणी प्रकाशन
21-ए, दरियागंज, नयी दिल्ली-110002
द्वारा प्रकाशित

प्रथम संस्करण : 2003

मूल्य : 125.00

नागरी प्रिंटर्स, दिल्ली-110032
में मुद्रित

KHILAUNA NAGAR
(Novelet)
by Navarun Bhattacharya

अपनी बात...

अपनी इन दोनों उपन्यासिकाओं की विषय-वस्तु को अगर एक ही शब्द में समेटूँ, तो वह है—निर्ममता! अगर इसके अतीत की खुदाई की जाए, तो हमें गोलियाथ गाथा की अस्थियाँ बिछे उस पहाड़ को पार करके, मोहनजोदाड़ो तक पहुँचना होगा, जहाँ खुदाई में मिली, एक नन्हे शिशु की खोपड़ी में आततायी के कुठाराघात की चोटें मौजूद हैं। ताशवेइंग मृत्यु-शिविर, ट्रेवलिंका, गुलग, वियतनाम और हिरोशिमा की क्रूरता! यह क्रूरता पिछली शताब्दी में करोड़ों-करोड़ इंसानों की जान लेने के बावजूद तृप्त नहीं हुई। साम्राज्यवाद और उसी के रचे हुए संत्रासवाद, भविष्य में और कितनी-कितनी वीभत्सता और दहशत के मंज़र दिखाएगा। फिलहाल उसका हमें ठीक-ठीक अंदाज़ा भी नहीं है। अभी तक जो घटा है और जितनी दूर तक घटेगा, हम उसका अंदाज़ा ज़रूर लगा सकते हैं, हम सब सिहर उठते हैं। सर्वग्रासी लोभ और उन्मत्त मतांधता! एक तरफ व्यापारिक भूमंडलीकरण और दूसरी तरफ बढ़ती नृशंसता, संवेदनहीनता, सरोकारहीनता यानि विद्वेष! इन दोनों दानवों के निर्मम तांडव में शुभ बुद्धि आज दिशाहारा है। इसकी परिणति है विशाल विनाश! ब्लैकहोल का अतल अंधकार! चरम नास्ति! जब जीवंत प्राणी और उनकी जानें ही ध्वंस हो जाएँगी, तो कहाँ लगेगा बाज़ार? कौन लूटेगा मुनाफा? कौन मसखरे का रूप धारकर हँसाएगा? और हँसेगा कौन? यह तो कल की फिल्म की टिकट, ज़ेब में डालकर भूल जाने जैसा है। सबका भविष्य अनिश्चित! फिर लेखक इससे कहाँ अछूता है? चारों तरफ हज़ारहा रंगीनी है; आनंद है; उत्सव है; हज़ारहा बिक्री-बट्टा है, अनगिनत अहम् हस्तियों का सर्कस है। असल में जो लोग ध्वंस हो जाते हैं, शायद वही इस क़िस्म के निर्बाध जश्न में मगन हो उठते हैं—आजकल तो यही लगता है।

अनुवादिका और प्रकाशक दोनों ही मेरे मित्र हैं, क़रीबी हैं, धन्यवाद देने जैसा औपचारिक रिश्ता, उनके साथ नहीं है, इसलिए धन्यवाद देकर, उन्हें संकोच में डालने का मन नहीं है। हाँ, हिंदी पाठकों के प्रति मेरा ढेर-ढेर आभार, जो इन दोनों उपन्यासों को पढ़ेंगे, क्योंकि इनमें कोई समाधान भले न हो, मगर ये हिंदी पाठकों को चौंकाएंगे ज़रूर!

दिसंबर, 02

—नवारुण भट्टाचार्य

दो उपन्यासिकाएँ

खिलौना नगर

खिलौना नगर के पश्चिम तरफ, रसायनिक और तेज़ाबी कचरे का पहाड़, जहाँ ढलान बनकर, नदी के पार, समतल में, जहाँ रेत-कंकड़-मिट्टी में जा मिला है, उसी तरफ जाड़े जो कुछेक पलों के बाद, अँधेरे में छाया-छाया रुल-मिलकर एकाकार होने लगा था। खिलौना नगर के उत्तर में जो सीधी-सपाट सड़क चली गई थी, उस पर खनखनाती हुई बर्फीली हवा बह रही थी। कभी तेज-तेज, कभी मंद-मंद! गुड्डे-गुड़ियों के कारखाने की छत पर तिपाये ढाँचे के ऊपर, जो विशाल बार्बी गुड़िया, ख़ारिज राजकुमारी की तरह खड़ी थी। उसके अधजले बाल, हवा में हौले-हौले उड़ते हुए। वह दिन था, सन् दो हजार चार का चार दिसंबर। वह घटना, उससे एक दिन पहले, शाम के वक्त घटी थी।

दो साल पहले, देश के उत्तर और पश्चिम में परमाणविक आघात के फलस्वरूप, जो व्यापक सर्वनाश हो चुका था, उसका बचा-खुचा असर होते ही, वैज्ञानिकों को अंदाज़ा हो गया था कि देश की आबोहवा में भयंकर परिवर्तन आनेवाला है। लेकिन वे बम, विस्तार से कहें, तो दोनों बम एक-एक मेगाटन के होने के बावजूद, न्यूक्लियर जाड़े के मेघ दीर्घस्थायी नहीं थे। पहले बम से 90 लाख और दूसरे बम से 89.36 लाख लोग मारे गए। सन् दो हज़ार चार में खिलौना नगर में काफी कड़ाके की सर्दी पड़ी थी। उत्तर की ओर की सड़क काफी ख़ुली-खुली थी। इसलिए बर्फीली हवा बे-भाव हहराती हुई। आँधी-तूफान की तरह बहती हुई हवा, खिलौना नगर के पार जाकर, कूड़े-कर्कट के पहाड़ को धक्का मारती है और फिर गुज़र जाती है। कचरे के पहाड़ की ज़हरीली, घनी धूल, ज़रा झुँझलायी और फिर थिर हो गई।

गुड्डे-गुड़ियों के कारखाने के सामने जो अहाता था, वहाँ कारखाने के आखिरी दो श्रमिक और ट्रेड यूनियन कर्मचारी का मृत्युदंड देखने के लिए, नगर के 847 बाशिंदों में से करीब डेढ़ सौ लोग वहाँ जमा हुए थे। वे लोग उसी अहाते में छितराए हुए बैठे थे। जाड़े की शाम हो, तो मृत्युदंड का नज़ारा ऐश से देखना होता है। सिर्फ

जो लोग खड़े थे, उनके लिए गिर पड़ना ज़रूरी हो आया। खिलौना कारखाने के तिपाये ढाँचे से दो लोगों की लाशें, पाँव-बँधी हालत में, उल्टी होकर झूल रही थीं और हवा में हौले-हौले लहरा रही थीं। बिल्कुल नंगी लाशें! उन दोनों का चेहरा और माथा कुचला हुआ। बदन पर चाकुओं के घाव और लोहे के रॉड से पीटे जाने के काले-काले निशान! दोनों की गर्दन से झूलती हुई रस्सी में एक-एक कागज चिपका हुआ। उस पर यथाक्रम 8 और 9 लिखा हुआ। इससे पहले सात जन को मार डाला गया था। बस, यही दो लोग बच रहे थे। हाँ, एक भूल सुधार भी कर लिया जाए। अब अगर नगर के बाशिंदों की संख्या 487 के बजाय 485 हो जाएगी, क्योंकि ट्रेड यूनियन के दो कर्मचारियों को पहले ही क़त्ल कर दिया गया था। यह सब, वह घटना, घटने के पहले ही, हो चुका था। लेकिन इस हिसाब में, बेहद संगत कारणवश, उस विंडचीटरधारी शख़्स को शामिल नहीं किया गया था। इस वजह से, अब से उस शख़्स को विंडचीटर नाम से ही बुलाया जाएगा, क्योंकि उसका असली नाम कोई नहीं जानता था। नहीं, यह भी सही नहीं कहा गया। कुछ लोग उसका असली नाम ज़रूर जानते हैं, मगर वे लोग किसी और को नहीं बताएँगे।

खिलौना नगर, खिलौने की तरह ही छोटा-सा था। पहले यहाँ कुछ भी नहीं था। कुछेक टीले, कंटीली झोंप-झाड़ियाँ, साफ-सुथरे पानी वाली एक छुटकी-सी नदी। उसकी स्वच्छ-निर्मल धार के विपरीत चंद मछलियों की आगे बढ़ने की कोशिश भी, और-और अनगिनत जगहों की तरह ही थी। उसके बाद, यहाँ खिलौना नगर कैसे रच-बस गया, इसकी जानकारी, ज़रा आगे ही मिल जाएगी।

हाँ, तो खिलौना कारखाने के सामने के अहाते में ट्रेड यूनियन के दो कर्मचारियों की झूलती हुई लाशों के बारे में पहले ही बताया जा चुका है। पंद्रह दिनों पहले हथकट्टे और उसके दल-बल ने जिस शकुन का 'हब्बा-हब्बा' की चीत्कार के साथ, पीछा किया था और उसका शिकार किया था, वह बेजान, सूखा, काना पंछी भी, अपने पंख फैलाए, उन दोनों लाशों की बगल में ही तिकोने ढाँचे से झूल रहा था।

अहाते के पार ही वह जो चार-पाँच आदमकद जितना चौड़ा रास्ता बिछा है, उसके किनारे-किनारे, एस्बेस्टस की छादनवाले एक-दो कमरों के छोटे-छोटे घर-मकान। उस सड़क पर कहीं, कोई रोशनी नहीं थी। काफी दिनों से उस सड़क पर रोशनी का इंतज़ाम नहीं था और-और वक्त रसायनिक कचरे की दुर्गन्ध से नाक में जलन मच जाती है, और वह दुर्गन्ध समूचे खिलौना नगर में फैली होती है। सन् दो हज़ार चार की चौथी दिसंबर की शाम को, हड्डियाँ गला देनेवाली उत्तरी हवा उड़ती-उड़ती कचरे के उस पहाड़ तक पहुँच गई थी।

बर्बाद हुए एस.टी.डी. और आई.एस.डी. बूथ के दरवाजे के अंदर, बेकाम पड़ा टेलीफोन लगा हुआ। दीवारों पर अकथनीय अश्लील जुमले लिखे हुए, अश्लील

तस्वीरें बनाई हुईं। वहीं फर्श पर जिशा और कुमार पड़े हुए थे। वहीं उन दोनों की आखिरी भेंट हुई थी। खिलौना नगर के दक्षिणी छोर पर, जहाँ लकड़ी के चार घर, वेश्याओं के नाम कर दिए गए थे, उन्हीं कमरों में उन वेश्याओं की लाशें पड़ी हुई थीं। उन लोगों के घर के बाहर खाँसी की दवा, कैफीड्रिल की शीशियाँ ढेर की शक्ल में जमा थीं।

सिलाई मशीन के करीब ही खटिया पर बूढ़ा दर्जी सोया हुआ था। उसके कमरे की दीवार पर, विंडचीटर की चॉक से आँकी हुई, बिल्ली की तस्वीर! कमरे में हवा का एक झोंका घुसते ही, बूढ़े के बाल अचानक उछलकर खड़े हो गए, अगले ही पल स्वाभाविक हो आए। दरवाजा बंद हुआ, खुला, दुबारा बंद हो गया। खुलने-बंद होने की आवाजें हवा में गूँजती रहीं।

जो लोग सड़क पर थे, बातचीत में मशगूल थे या पानी भरने जा रहे थे, वे सड़क पर ही पड़े थे। कोई चित्त पड़ा हुआ, मुर्दा आँखों से आसमान निहारता हुआ, कोई मुँह के बल धरती चूमता हुआ! उनके हाथ-पाँव अस्वाभाविक ढंग से फैले-छितरे हुए, मानो कुछ थामने की कोशिश में बेहिसाबी हो उठे हों। किसी के हाथ में आधी काटी हुई बिस्कुट! किसी के हाथ में पानी भरने के टिन के डिब्बे में बँधी हुई रस्सी! हथकट्टा और उसके दल के लोग भी अहाते में ही पड़े थे। आखिरी पलों में, उन लोगों ने जो छुरी और रॉड पकड़ रखी थी, वह सब भी ज्यों की त्यों, हाथों में फँसी हुई! हथकट्टा ख़ासा मोटा था। उसका बायाँ हाथ, कोहनी से गायब था। वह लुंगी चढ़ाए हुए था। उसके रोंएंदार सीने, गले और चेहरे पर 8 और 9 के खून के सूखे हुए छींटे। हथकट्टे के आस-पास उसके चेले-चामुंडे जिस मुद्रा में पड़े हुए थे, उन लोगों को देखकर ऐसा लगा, मानो उस घटना से पहले, वे लोग दल बाँधकर हथकट्टे की तारीफ कर रहे थे। कुछेक लोग एक-दूसरे के हाथ पकड़े हुए पड़े थे। एक बंदे के हाथ में खाँसी की दवा की ढक्कन-खुली शीशी! शीशी में नशा करने लायक, खाँसी की दवा, अब भी बच रही थी।

खिलौना नगर के दक्षिण-पश्चिम में, पाड़ी नदी के इस पार जो घर-मकान खड़े थे, वे सब काफी दिनों से, खिलौना कारखाने में आग लगने के बाद से ही, खाली पड़े थे। जो लोग आग में जलकर खाक़ हो गए, ये सब उन लोगों के घर-मकान थे। वैसे, इन्हीं घरों में से एक घर में वह बौना भी रहता था, जिसके साथ विंडचीटर का एक ख़ास रिश्ता क़ायम हो चुका था। वह ब्राह्मण मृत हालत में एक कुर्सी पर बैठा-बैठा, सामने की तरफ घूर रहा था। उसकी दोनों हथेलियाँ कुर्सी के हत्थे, कसकर थामे हुए थीं। उसके पाँवों के पास उसके कुछ कपड़े-लत्ते, एक टिन पाउडर दूध, टिन के चिपटे डिब्बे में, अरब सागर की डिब्बा बंद मछलियाँ और पर्त-दर-पर्त जीर्ण, चिप्पी लगा, कैम्बिस का बैग। उसका सारा सामान उस बैग में एहतियात से लगाया

हुआ। कमरे के एक कोने-फटी-पुरानी, एक अदद छतरी! कमरे में बँधे-छंधे सामान को देखकर ऐसा लग रहा था कि विंडचीटर की तरह वह भी खिलौना नगर से शायद फरार होने की ही फिराक़ में था।

8 और 9 को जब हथकट्टा और उसके दल के लोग पीट-पीटकर, कुच्ची-कुच्ची काट रहे थे, तब खिलौना कारखाने के पिछवाड़े, टूटी चहारदीवारी की दरार से, सफेद चेहरा उन लोगों की करतूत देख रहा था और मारे दहशत के पसीने-पसीने हो आया। उसके हाथ में एक टूटी सींक भर थी, जिसकी नोक घिस-घिसकर धारदार बना ली गई थी। सफेदमुँहे को मालूम था कि 8 और 9 को ख़त्म करने के बाद, हथकट्टा उसे भी ठीक खोज निकालेगा और तब उसकी रिहाई का कोई उपाय नहीं बचेगा। कुल एक धारदार, टूटी सींक के सहारे, पाँच-छः लोगों के दंगल से जूझना क्या संभव है?

एस.टी.डी.-आई.एस.डी. बूथ, जहाँ फर्श पर जिशा और कुमार, एक-दूसरे से लिपटे पड़े हुए थे, उससे आगे की सड़क पकड़कर करीब दो सौ मीटर के फासले पर खाने का गोदाम स्थित था। जंग छिड़ने से पहले ही जंगी-गाड़ी सूखा और टिन-बंद खाना, खिलौना नगर में पहुँचा गई थी! ढेरों खाना! दूध, बिस्कुट, मछली, विदेशों से मँगाए हुए नमकीन गोश्त, फल, टमाटर सॉस, मेयोनीज़ वगैरह जाने कितना कुछ सामान! इनमें से ज़्यादातर सामान विदेशों से आयात किया गया था। इसके अलावा जंगी-फौज के लोग थोड़े-बहुत गैस-मुखौटे और इलाज का सामान भी लाए थे। साथ ही ढेर सारी कैफीड्रिल, खाँसी की दवा भी दे गए थे, जिसे पीकर नशा हो आता था। छोटे-छोटे हैमलेट में, दूर से ही, इस क़िस्म की सप्लाई का रिवाज था। काफी अर्से से संपर्क भले न हो, लेकिन कोई भी जन-आबाद बस्ती खाने या नशे की चीजों के अभाव में धुल-पुंछ न जाए। सब लोगों ने अपने-अपने ढंग से खाँसी की दवा, नरम पैकेटवाली अमेरिकी सिगरेट और स्वदेशी दियासलाई लूटपाट कर जमा कर ली थी। उन दिनों भी टेलीफोन या फैक्स पर संपर्क किया जा सकता था। उस समय भी कभी-कभार, कुछ-कुछ वक्त के लिए बिजली आ जाती थी और टीवी या रेडियो चला करता था। सड़क पर रोशनी भी होती थी। बाद में सारा इंतज़ाम चौपट हो गया। टिन में क़ैद, जाने कब की मछली, मांस या शोरबे में डूबे मटर या राजमा के दाने सड़ने लगे। टिन खोलते ही उसमें फफूँद लग जाती थी। कीड़े किलबिलाने लगे। हाँ, दूध और बिस्कुट बदरंग और बेस्वाद हो जाने के बावजूद, किसी तरह खा लिए जाते थे। उन्हें खाकर कम से कम भूख तो शांत होती थी। इसके अलावा अगर नियमित रूप से खाना कम मिलता रहे, तो धीरे-धीरे उसी की आदत पड़ जाती है। अगर ऐसा न होता, तो मृत्यु-शिविर के बारे में कोई नहीं जान पाता, जैसे गणतंत्र बचाने या सामाजिक-इंजीनियरिंग की अफवाह फैलाकर, लाखों-लाखों

इंसानों को तिल-तिल करके या अचानक हत्या कर देने जैसी असंख्य ख़बरों की सूचना पाना असंभव था। भूख या खाद्य दुर्दान्त अस्त्र होता है, प्रबल हथियार!

अस्त्र और हथियार के प्रसंग में एक और बात भी बिल्कुल स्पष्ट थी। गृहयुद्ध के समय, लूटपाट के राज में ऐंची-टेढ़ी पड़ी जन-बस्तियों के लोगों में आत्म-रक्षा के लिए, छोटे और मंझोले भाप के आग्नेय-अस्त्र भी बाँटे गए थे। खिलौना नगर में भी, किसी ज़माने में थोड़े-बहुत अस्त्र मौजूद थे। लेकिन वे सब अस्त्र प्रमुख रूप से हथकट्टे और सफेद चेहरों की दखल में थे। एक दफा नशे के लिए खाँसी की दवा का अकाल पड़ गया, चारों तरफ हाहाकार मच गया, उस वक्त ये सब अस्त्र चोरी-चोरी चालान करनेवालों के क़ब्ज़े में चले गए। उन दिनों भी उत्तरमुखी सड़क पर कभी-कभार एकाध निकम्मी, गोली-गोलों की मार से पिचकी-चपटी या मशीनगनों की बुलेट से छलनी-छलनी लॉरी या रद्‌द टैंकर, कैफीड्रिल लिए-दिए, खिलौना नगर में आ पहुँचते थे। इसी तरह कुमार भी किसी लॉरी के क्लीनर के तौर पर आ धमका था और फिर जिशा की मुहब्बत में पड़कर, यहीं रुक गया।

एक तो कड़ाके की सर्दी उस पर से चौबीस घंटे भी गुज़र चुके थे। 8, 9 और शकुन तो ठस्स हो ही गए थे, बाकी 485 लाशें भी जमकर काठ हो चुकी थीं। लाशों का सद्व्यवहार कर सके, ऐसी एकाध चींटी या कीट-पतंग या इंसान का गोश्त पसंद करता हो, ऐसा कोई प्राणी या पंछी-पखेरू, खिलौना नगर में नहीं था। अगर होता, तो वे लाशें अविकृत हालत में पड़ी न होतीं। ठंड की वजह से इन लाशों में पूरी तरह सड़ांध शुरू नहीं हुई थी। सिर्फ हथकट्टे का पेट कुछ ज़्यादा ही फूल गया था।

यूँ तो समूचा आकाश ही धुआँ-धुआँ रहता था। एकाध तारा या नक्षत्र या कृत्रिम उपग्रह तक नज़र नहीं आते थे। बीमार चाँद भी धुँधली-धुँधली, धुली-धुली-सी रोशनी लेकर आता था। लेकिन सन् दो हजार चार की दूसरी दिसंबर की रात प्रबल आँधी-तूफान और बरसात हुई थी। बिल्कुल अचानक! इसलिए आसमान दो दिनों बाद भी कमोबेश साफ था।

अँधेरे मैदान में जिन लोगों ने काफी दूर से हवा के साथ तैरकर आती हुई, जेनरेटर की आवाज सुनी हो, वे लोग शायद इस आवाज़ से परिचित हों। वह आवाज़ बुटकारी मारकर करीब आते-आते मशीनी गर्जना में बदल गई और एकदम से तेज़ हो उठी। उस आवाज़ ने नाचते हुए हिंस्र पंखों से अदृश्य हवा को चीरकर धज्जी-धज्जी कर डाला। तीखी, नीली सर्चलाइट की खोजभरी रोशनी आसमान में कट्टा-कुट्टी खेलती रही। चौंधियाती हुई रोशनी की आँखमिचौनी में खिलौना नगर एक बार दृश्यमान हुआ, दुबारा अतल में गुम हो गया। खिलौना नगर के अहाते के ऊपर, तीन-तीन पूमा हेलीकॉप्टर, हवा में स्थिर गति से चक्कर काटने लगे—अलमस्त हवा

में विशाल बार्बी गुड़िया के अधजले बाल फर्र-फर्र उड़ते रहे। तीनों हेलीकॉप्टर ज़मीन पर उतरने के लिए उपयुक्त खाली जगह ढूँढ़ने लगे।

फौजी हेलीकॉप्टर की रोशनी, एस.टी.डी.-आई.एस.डी. बूथ के धूल-चढ़े काँच से होकर अंदर कमरे तक फिसलती रही और इस वजह से ऐसा लग रहा था, मानो जिशा और कुमार का मृत शरीर हिल-डुल रहा हो, कुर्सी पर बैठे, मृत ब्राह्मण की देह भी ऐसी लगी, मानो वह शायद अभी ही उठ खड़ा हो या बोल उठे।

अहाते में इधर-उधर बिखरी हुई मृत देह के बीच उतरने के लिए, तीनों हेलीकॉप्टर उपयुक्त, खाली जगह ढूँढते रहे। 8 और 9 ज़ोर-ज़ोर से झूलने लगे। मुर्दा, झूलता हुआ शकुन भी चक्कर काटते-काटते मानो उड़ने की कोशिश कर रहा हो।

योगाग्नि शरीर

18 नवंबर, 2004

जिस खिलौना नगर में, कहा जाए, तो प्रायः कुछ भी नहीं घटता था, वहाँ इस दिन, एक के बाद एक, दो घटनाएँ घटीं। कैफीड्रिल की बेसुधी से उबरकर सचमुच जाग उठने में, खिलौना नगर को काफी वक्त लग गया। उस पर से शाम ढलने के बाद, कोई ज़्यादा देर तक जगा भी नहीं रहता था। चाँद की रोशनी हो, तो बेहतर! अगर न भी हो, तो कोई हर्ज नहीं। बल्कि अँधेरे की जो अपनी रोशनी होती है, उसमें किसी दारूबाज़ की चीख-चिल्लाहट या गाली-गलौज काफी मेल खाती है। 8 और 9 नशेबाज़ नहीं थे। उन दोनों ने काफी रात तक यूनियन के कमरे में बैठे-बैठे, आगामी दिनों की रणनीति के बारे में सलाह-मशविरा किया था। बातचीत करते-करते ही किसी वक्त वे दोनों सो गए। पिछली रात उनकी बातचीत कुछ यूँ ख़त्म हुई थी–

"कल हम लोग कुल्लमकुल दस पोस्टर ही चिपकाएंगे या सारे के सारे ख़र्च कर देंगे?"

"देखो, कागज और स्याही जिस रफ़्तार से ख़त्म होते जा रहे हैं, उससे मुझे नहीं लगता कि यह कैम्पेन ज़्यादा दिनों तक खींचा जा सकेगा।"

"तो फिर यही करते हैं। हम सारे पोस्टर अपने हाथ से नहीं जाने देंगे।"

"हाँ, बिल्कुल भी नहीं।"

"अगर पिछली बार की तरह, इस बार भी ग़लती की, तो कामरेड आंदोलन फिर चोट खा जाएगा।"

"देख रहा हूँ, ग़लती के बारे में तुमने भी सोचा और मैंने भी!"

''क्या सोचा है?''

''देखो, मुझे जो लगा है, सीधे-सीधे ही बता दूँ। पिछली बार, सारे पोस्टर चिपकाने के बाद, हम दोनों ने ही ज़रा ढील दे दी थी। नये पोस्टर पढ़कर, कौन, क्या सोच रहा है, हमने यह जानने की कोशिश नहीं की।''

''तुमने बिल्कुल मेरे मन की बात कही। इस बार हमें चौकन्ना रहना होगा।''

इस जवाब के बाद और कोई बातचीत नहीं हुई यानी वह सो गया। उसके बाद, दूसरा भी नींद में गुड़प हो गया। दोनों के पास झंडा उड़ानेवाला डंडा मौजूद था। रात के अँधेरे में अगर हथकट्टे का दल, चोरी-छिपे हमला बोल दे? शत्रु-पक्ष और उनके दलालों को कभी कमजोर मान लेने से, काम नहीं चलेगा। लड़ना होगा और हर पल तैयार रहना होगा। डंडे के अलावा यूनियन कमरे में मार्क्स और लेनिन की तस्वीरों के नीचे ईंट-पत्थरों के ढेर भी जमा रखे गए थे, जिसे किसी जागरूक सोवियत मूर्तिकार ने दुर्धर्ष खुदाई करके, मूर्ति के रूप में अमर कर दिया था और जिसने पत्थर बटोरकर उसे अपना हथियार बना लिया था। उन दोनों के दिलों में लावा सुलग रहा था, जिसकी आँच में उनका चेहरा लाल सुर्ख हो आया था। नींद में उनकी आँखों की पुतलियाँ चंचल होकर नाचती रहीं। उनके माथे पर बूँदें चमक उठीं। उनकी मुट्ठियाँ कस गईं। जब दो विश्वस्त सैनिक सो गए, दीवाल पर टँगे मार्क्स और लेनिन, उनकी पहरेदारी में जागते रहे। आन्दोलन से एक अंगुल भी पीछे न हटने का हुक्मनामा जारी रहा।

वह बौना रोज ही पैदल-पैदल चलकर आता था और खिलौना कारखाने के अहाते में आकर बैठा रहता था। उसके साथ, टिन में पानी भी मौजूद रहता था। अहाते की धूप में बैठे-बैठे, वह पानी में भिगो-भिगोकर ठीक हिसाब माफिक, दो बिस्कुट खाता था और वहाँ अगर कोई पोस्टर चिपका होता, तो बुदबुदाकर पढ़ता रहता था। रोज की तरह उस दिन भी जिशा, जैरिकैन में नदी से पानी भरकर लौट रही थी। बिस्कुट डुबाते हुए, बौने की निगाह टिन के डिब्बे में भरे हुए पानी पर पड़ी। गंदले पानी के आइने में बार्बी गुड़िया की छाया झलकती हुई। लेकिन, गुड़िया के सिर पर वह क्या है? ब्राह्मण ने जैसे ही ऊपर, आसमान की तरफ देखा, शकुन के पंख फड़फड़ा उठे, शायद ज़्यादा से ज़्यादा धूप थामने के लिए! ब्राह्मण ने आसमान की तरफ उँगलियों से इशारा किया, तो जिशा ने भी अपना ज़ेरीकैन का वजन सँभाले-सँभाले, तिरछी निगाहों से ऊपर की ओर देखा। जाड़े की धूप में जिशा का बेरंग नीलाभ चेहरा बेहद मोहक लग रहा था। जिशा ने अपने माथे से ज़ैरीकैन उतारकर नीचे रख दिया और आसमान की तरफ भरपूर निगाहों से देखा। उसने कभी शकुन नहीं देखा था। उस विराट पंछी ने दुबारा पंख फड़फडाए। जिशा कुछ बोल नहीं पाती थी, लेकिन काफी उत्तेजित होने पर, कभी-कभी अबूझ की तरह

कुकुआकर, ज़ोर से चीत्कार कर उठती थी। इस वक्त भी विस्मय से चीख उठी। उसके बाद, कुमार को जगाने के लिए, ख़ारिज-पड़े एस.टी.डी.-एस.टी.डी. बूथ की तरफ दौड़ पड़ी। कुमार कुंभकर्ण की नींद सोता था। उसके कमरे में शाहरुख खान की बड़ी-सी तस्वीर टँगी हुई थी। कुमार किसी वक्त, जब कमरे में नहीं रहा होगा, किसी ने उसकी अनुपस्थिति का फ़ायदा उठाते हुए, तस्वीर के चेहरे पर रौबदार, खानदानी मूँछ आँक दी थी।

जिशा की माँ की नींद, हस्बेमामूल, बहुत पहले ही टूट चुकी थी। और-और दिनों की तरह उसी ने जिशा को जगाया। उसके बदन पर काले पैराशूट का कपड़ा लपेट दिया। जिशा के चले जाने के बाद, वह बाकी तीन जनों को जगाने गई। उसने देखा कि जाड़े की और-और रातों की तरह ही, वे लोग मिलिटरी तंबू के कैनवास के नीचे एक-दूसरे से लिपटे हुए सो रहे थे। हर रात की तरह, कल रात भी उन लोगों ने कलई किए हुए गमले में पानी भरकर, उसमें प्लास्टिक की गुड़िया तैराई थी। गुड़िया अगर पानी के बीचोंबीच गोल-गोल घूमने लगे, तो यह समझना होगा कि खिलौना नगर में अचानक ही कुछ घटनेवाला है। गुड़िया अगर तैरते-तैरते, किनारे लग जाए, तो इसका मतलब हुआ कि खिलौना नगर का विच्छिन्न, टेढ़ा-मेढ़ा, अंतहीन जीवन जस का तस चलता रहेगा। असल में, यह तीन बूढ़ी वेश्याओं का प्रायः हर रात का टोटका या खेल था। वैसे उनके और भी कई खेल थे। वे सब खेल, वे तीनों तब खेलती थीं, जब वे किसी पर भड़क जाती थीं। जले हुए खिलौना कारखाने से, वे लोग खोज-खाजकर एक अधजली गुड़िया उठा लाई थीं। उसे गमले के पानी में तैरा देती थीं। वे लोग बुदबुदाकर कोई मंतर-सा पढ़ती थीं, जिशा की माँ वह मंतर नहीं जानती थी। वे लोग हँस-हँसकर एक काठी से, उस गुड़िया को दबाकर, पानी में डुबा देती थीं, फिर तैरा देती थीं, फिर डुबा देती थीं। जिसके नाम से यह टोटका किया जाता था, उसे बुरे-बुरे सपने आने लगते थे। दुःस्वप्न का राक्षस उनकी गर्दन दबोचकर, उन्हें मार डालता था। उसकी समूची रात इसी तरह गुज़रती थी। वैसे ठीक क्या होता था, यह बताना मुश्किल है, क्योंकि कैफीड्रिल चढ़ाए हों, तो बहुत कुछ हो सकता है। जो लोग यह हक़ीक़त जानते थे, वे उन तीनों औरतों से डरते थे। हथकट्टा भी ख़ौफ़ खाता था। सफेदमुँहा भी डरता था। 8 और 9 को इन बातों पर विश्वास नहीं था।

उस बौने ने, पानी पीने के टिन को, अहाते के पत्थर पर ठकठकाया। वह शकुन न हिला, न डुला! बस, दो-एक करके लोग इकट्ठा होने लगे। जो लोग दल बाँधकर घूमते-फिरते हैं, उनमें से, पहले सफेदमुँहा अकेला ही आ पहुँचा। वह चीखते-चीखते आया था। जब वह उत्तेजित हो उठता था, तो उसके मुँह से लार टपकने लगती थी।

"क्या बात है? हुआ क्या है?"

जिशा दौड़ते-दौड़ते आ पहुँची।

बौने ने कोई जवाब देने के बजाय, ऊपर की ओर इशारा किया। शकुन ने मानो सफेदमुँहा को दिखाने के लिए ही, अपने दोनों पंख फैला दिए।

"वह क्या है?"

सफेदमुँहा ने जीवन में कभी शकुन न देखा हो, ऐसा नहीं था। लेकिन उस वक्त उत्तेजना में सारा कुछ गड्मड् हो गया था।

"शकुन है! मुर्दाखौका शकुन!"

सफेदमुँहा चीखते-चिल्लाते हुए, यह बात सबको बताने चल दिया।

"शकुन! शकुन! शकुन आया है! ज़िंदा शकुन!"

"श...कु...न!"

उसके जले हुए सफेद चेहरे पर पनीले ज़हर के नीले-नीले धब्बे! मुँह से लार टपकती हुई!

सफेदमुँहे को अगर एक न्यूट्रन मान लिया जाए, तो वह चीखते-चिल्लाते यूरेनियम या प्लूटोनियम के न्यूक्लिअस में आघात हनकर, उन दोनों को बराबर-बराबर हिस्से में बाँट रहा था, जिसे कहते हैं फिशन फ्रैगमेंट! न्यूक्लिअस जब टूटता है, तब इसकी जड़ का हल्का-सा हिस्सा, बिल्कुल परिमाण शक्ति या एनर्जी यानी ऊर्जा में परिणत हो जाती है। इसके साथ-साथ ही और भी दो-तीन न्यूट्रन मुक्त हो जाते हैं। ये अन्यान्य न्यूक्लिअसों पर आघात हनते हैं। अगर इस प्रक्रिया को चलने दिया जाए, तो इससे स्वयं संपूर्ण चेन-रिएक्शन शुरू हो जाता है, जहाँ पर बँटा हुआ हर न्यूक्लिअस, अन्यान्य न्यूक्लिअस को तोड़ने के लिए, ज़रूरी न्यूट्रन प्रदान करते हैं। अगर इन्हें अनियंत्रित छोड़ दिया जाए, तो यह चेन-रिएक्शन एक फिशन विस्फोरण की सृष्टि करता है। लेकिन एक स्वयं संपूर्ण चेन-रिएक्शन के लिए, निर्दिष्ट, न्यूनतम परिमाण विदारण योग्य पदार्थ की ज़रूरत होती है—इसका नाम है, 'क्रिटिकल मास'!

सुबह की धूप मार्क्स के चेहरे पर तिरछी होकर आ पड़ी थी। अभी लेनिन के चेहरे तक नहीं पहुँची थी। बाहर लोगों का शोरगुल सुनकर 9 की नींद टूट गई। कुछेक पल, वह उन आवाज़ों को सुनता रहा, उसके बाद, उसने 8 को कुहनियाकर आवाज़ दी।

"उठो! सुनते हो? उठो, बाहर बड़ा शोर मचा है।"

आठ हड़बड़ाकर उठ बैठा।

"क्यों? हमला कर दिया है?"

"कुछ समझ में नहीं आ रहा है। मुमकिन है, हथकट्टा लोगों को हमारे खिलाफ भड़का रहा है।"

"यह भी तो हो सकता है कि कारखाना खुलने की कोई ख़बर आई हो।"

"हमें ये तमाम संभावनाएँ अपने दिमाग़ में रखनी होंगी। लेकिन पिछले दिन वाली भूल, दुबारा मत करना।"

"कौन-सी भूल?"

"पोस्टर फिर अगले दिन! याद नहीं? तुम खाली हाथ निकल पड़े थे?"

कोई जवाब देने के बजाय 8 ने डंडा उठा लिया। सैकड़ों जगह से फटी हुई, अपनी खाकी रंग की फौजी पैंट में, उसने दो भारी-भारी पत्थर ठूँस लिए।

"मेरा मन कहता है, यह भी तो संभव है कि मालिक आ गया हो।"

"तुम फिर ग़लती कर रहे हो। मैं मन-वन की इन बातों पर विश्वास नहीं करता। मन तो बहुत कुछ कहता रहता है! वास्तविक परिस्थिति उन बातों को तहस-नहस कर देती है।"

आखिरकार, लेनिन के चेहरे पर भी धूप पहुँच गई।

कुमार को नींद से जगाकर, जिशा जब अहाते में पहुँची, तब तक विशाल भीड़ इकट्ठी हो चुकी थी। फूहड़ हँसी, दिल्लगी और ठहाकों के फव्वारे छूटते हुए! शकुन झटपट बार्बी गुड़िया के सिर से उतरकर, कारखाने की छत पर उतर आया। चारों तरफ तालियाँ गूँज उठीं। किसी-किसी ने सीटी बजाई। पीलिया का शिकार, एक सिर-मुंडा छोकरा, मिट्टी पर लोट-पोट लगाने लगा। इसलिए उसकी अगाड़ी-पिछाड़ी, सबकुछ साफ-साफ नज़र आ रहा था। भीड़ से काफी दूर, 8 और 9 आकाश की तरफ मुँह बाये खड़े, तबाह हाल एंटी-एयरक्राफ्ट के तोप के पीछे खड़े-खड़े सब कुछ देखते रहे और समझने की कोशिश करते रहे।

"हमारा काम तो बिगड़ गया!"

"क्यों? पोस्टर न बांटूँ?"

"बांटने से अब कोई फ़ायदा नहीं होगा। उसे कोई पढ़ेगा ही नहीं। इसके बाद, वे लोग उस शकुन को मार डालने की कोशिश करेंगे और फिर इसी चर्चा में मशगूल हो जाएँगे।"

"लेकिन, वह शकुन उड़कर भाग भी तो सकता है?"

"उस शकुन को देखकर तो लगता है कि या तो वह बेतरह कमजोर हो गया है या चोट खाकर घायल है!"

"एक काम करें, तो कैसा रहे?"

"क्या?"

हथकट्टे और सफेदमुँहे के दल में हर वक्त ही छत्तीस का नाता है। इसका फ़ायदा उठाते हुए अगर हम लोगों को उकसा दें, तो कैसा रहे?

"ज़बर्दस्त सुझाव है! बिल्कुल ठीक वक्त पर तुम्हारे दिमाग़ में यह ख़्याल

आया है।''

''मेरा मतलब है, अचानक मेरे मन ने कहा कि हमारे लिए यही अव्वल काम है। बेहद ज़रूरी काम!''

''फिर वही मन! मन की बात! मैंने कहा न, मन की बात की कोई क़ीमत नहीं होती। यह बात मैं तुम्हें हज्जार बार समझा चुका हूँ। मन की बात, बिल्कुल फालतू होती है। दिमाग भिड़ाना ही असल बात होती है!''

''मुझसे बार-बार यह भूल हो जाती है, कॉमरेड।''

वैसे जिशा की माँ को बूढ़ी कहना ग़लत होगा। बाकी तीनों वेश्याओं के मुक़ाबले, वह आगे-आगे दौड़ जाती है। सींक निकली, फटी-पुरानी छतरी लिए-लिए, वे तीनों वेश्याएँ, महीन आवाज़ में चीखती-चिल्लाती, उसके पीछे-पीछे आती हैं। तीनों में से एक बुढ़िया तो दाहिने-बाएँ थूक छितराती चलती है। दूसरी, मंतर बुदबुदाती है और उसके बाद, ज़ोर का ठहाका लगाती है। तीसरी अपनी छतरी तेज़ी से नचाती रहती है। एक अधबूढ़ा बंदा, पेट के बल लेटे हुए एक गंजे, पागल शख़्स को काठी से कोंचता रहा। गंजा, पागल एकदम से उलट गया। जिशा मारे खुशी के गूँगी आवाज़ में चीख उठी, क्योंकि शकुन पंछी दुबारा पंख फड़फड़ा रहा था। अहाते में नाच शुरू हो गया। उस दंगल भरी भीड़ के बीचोंबीच, उन बूढ़ी रूपाजीवाओं की छतरियाँ नाचती रहीं।

दूर से कोई बंदा यह समूचा तमाशा देख रहा था, इस तरफ किसी की भी नज़र नहीं पड़ी। काफी सारी राह, वह पैदल-पैदल पार करके, खिलौना नगर में अभी-अभी दाखिल हुआ था। इतनी सारी राह पैदल तय करने के बाद, खासकर पीठ पर इतने सारे रद्दी मालों से भरा हुआ, फटा-पुराना हैवासैक लादे हुए पहुँचा हो, तो हाँफ उठना स्वाभाविक था। हैवासैक से बदरंग नायलॉन की डोरी से साइकिल के दो पहिए भी बँधे हुए थे। प्रायः छः फीट लंबा सामान! इतनी लंबी डोरी और बड़े-बड़े बाल देखकर, यह समझने में बिल्कुल असुविधा नहीं हुई कि वह बंदा या तो पागल है या फ़रार डाकू या भगोड़ा फौजी! हालाँकि खालिस निर्जल होने या आवारा घुमंतू होने में भी उसे कोई एतराज नहीं था। जीप खुली हुई थी। बदन पर एक विंडचीटर। विंडचीटर तले मैली-सी क़मीज़! दोनों घुटनों पर चिप्पी लगी जींस! गले में काले रंग की महीन डोरी से, छोटे तकिए की शक्ल की ताबीज बँधी हुई थी। दोनों हाथों की उँगलियों में तीन-तीन अँगूठियाँ। पाँचवीं उँगली में बेडौल, सस्ता-सा नग! रेड इंडियन योद्धा की तरह चेहरा! नाक बेहद नुकीली! विंडचीटर दूर से, सिर्फ भीड़ को ही नहीं देख रहा था; पिछवाड़े का ज़हरीला पहाड़, आसमान में खड़ी, अधजले बालोंवाली बार्बी गुड़िया, धुआँ रंग के फटे-फटे बादलों के चिप्पी-मारे बैंडेज में लिपटा ज़ख्मी आसमान, पहचान-टूटे दुनिया-जहान—वह सब कुछ का नज़ारा

कर रहा था।

8 और 9 अलग होकर, भीड़ में शामिल हो गए। 8 भीड़ के उस हिस्से में पहुँच गया, जिधर हथकट्टा अपने दल के चंद लोगों के साथ पैंतरेबाज़ी कर रहा था।

"उफ! जो भी बंदा इस शकुन को घायल कर देगा, मानना पड़ेगा कि उसने सचमुच माँ का दूध पिया है! क्या ज़ोर है उसके पंखों में! आखिर है तो पहाड़ी शकुन!"

यह मंतव्य हथकट्टे के गिरोह में घाव-फोड़ों से भरे, किसी बंदे के कानों तक भी पहुँच गया।

"हुँह, ज़िंदगी में कितने शकुन देखे हैं कि उसे एकदम से पहाड़ी शकुन कह दिया? लाल किताब में लिखी है यह बात?"

"लिखी भी है और नहीं भी!"

"मतलब?"

"देखो, माने-वाने मुझे नहीं पता। जूट मिल में जब तालाबंदी हुई थी, उस वक्त मैंने देखा है कि जो लोग रेल की पटरी पर अपना सिर रख देते थे, पहाड़ी शकुन उन लोगों को नोंच-नोंचकर खा जाते थे। पूरब देश के होते थे शकुन! यह शकुन भी उसी जात का है! नर-शकुन है।"

"हुँह, नर-शकुन जाए चूल्हे-भाड़ में!"

फोड़े से भरे हुए उस बंदे ने कैफीड्रिल की एक खाली शीशी दे मारी मगर निशाना चूक गया।

उधर 9 ने, दल में हल्के, सफेदमुँहे के लोगों को भी ताव दिला दिया।

सफेदमुँहे के हाथ में गिनती के दो शागिर्द थे—बस्ता और रूमाली! वे दोनों ताल ठोंककर आगे बढ़ आए। कारखाने के मकान की जालीदार खिड़की की राह, पहली मंज़िल की मुँडेर पर चढ़ गए। हथकट्टे ने उनकी तरफ एक-एक डंडा बढ़ा दिया। डंडे की छोर पर मुड़ा-टूटा झाड़ू बँधा हुआ था। उसे 'हुश्-हुश्' की आवाज़ के साथ शून्य में घुमाते ही, शकुन डर गया। अचानक वह उड़ा और भीड़ की तरफ उतर आया। लोग-बाग इधर-उधर तितर-बितर हो गए।

इसके बाद ही, वह शकुन अजीब मुद्रा में दाहिनी तरफ आड़ी-तिरछी चाल में कुछेक क़दम चहलक़दमी करता रहा, काफी कुछ केंकड़े की तरह! उसके बाद, वह उड़ा और दर्जी के घर के ऊपर जा बैठा और अपने को उसने थिर किया।

इधर हथकट्टे और उसके दल के और-और लोग, बरकन्दाज़, घेघा, दागी

बंदे—सभी मिलकर, धीमी आवाज़ में मंत्र की तरह दुहराने लगे—हब्बा! हब्बा!! हब्बा! हब्बा!

भीड़ के लोगों ने भी उनकी आवाज़ में आवाज़ मिला दी! सफेदमुँहे दल के लोगों ने उसमें अपनी आवाज़ नहीं मिलाई। उसके दल में कम लोग थे। वे लोग समझ गए कि उस अजीबोगरीब उच्चारण के जरिए शकुन के शिकार का हक, उनके हाथों से फिसलता जा रहा है। हथकट्टे के लोगों ने शकुन पर हमला बोल दिया। उसकी तरफ निशाना साधकर ईंट-पत्थर फेंकते रहे। उसे घेर लेने की कोशिश की। जो लोग यह हल्ला-गुल्ला देखने के लिए देर से आ रहे थे, वे लोग हथकट्टे के दौड़ने के लिए, दो हिस्सों में बँट कर, उन लोगों को रास्ता दे रहे थे। उनके पीछे-पीछे आम जनता दौड़ रही थी। सफेदमुँहे का दल हकबकाया-सा खड़ा रहा। 8 और 9 उनके करीब जा पहुँचे।

"क्या हुआ? तुम लोग शकुन शिकार के लिए नहीं गए?"

उन लोगों ने कोई जवाब नहीं दिया।

"शकुन मारने के बाद हथकट्टे का भाव बढ़ जाएगा। लोग उसे ही खिलौना नगर का रुस्तम मान लेंगे।"

अब सफेदमुँहा एकदम से भड़क गया।

"हम लोगों ने ही तो शकुन को नीचे उतारा। यह भला उनके बूते की बात थी? हुँह, ऐसे-ऐसे रुस्तम ढेरों देखे हैं।"

"लोग क्या ये बातें मानेंगे? जो उसे मारेगा, उसी का नाम होगा। बाकी सब फुस्स!"

हब्बा! हब्बा! हब्बा!

वह चीख-चिल्लाहट काफी दूर से विंडचीटर के करीब चली आई। उसने अपने हैवासैक में से फेल्ट चढ़ी पानी की बोतल निकाल ली। ज़ुबान तर करने लायक, एक घूँट पानी पिया, फिर बोतल का ढक्कन लगाते-लगाते, उसने दूर तक निगाह डाली।

विजय-जुलूस समूचे खिलौना नगर की परिक्रमा पर निकल पड़ा था। लुंगीधारी और तोंदवाला हथकट्टा सबसे आगे-आगे! वह आगे-आगे बढ़ता जा रहा था। शकुन रस्सियों में बँधा हुआ! पाँवों के नाखून और सिर खून में लथपथ, चोंच ज़ख्मी! वह हथकट्टे के पीछे-पीछे धूल में लिथड़ा हुआ घिसट रहा था। बरकन्दाज़, घेघे, दाग़ी वगैरह सभी लोगों ने शकुन के डैने से एक-एक पंख नोंचकर, अपने-अपने हाथ में थाम रखा था। तीन अदद फटी हुई छतरियाँ, साँय-साँय पंख मारकर और उलू ध्वनि की मुद्रा में, समवेत् चीत्कार—हब्बा! हब्बा! के साथ संगत करती हुईं! खिलौना नगर में जब दल बाँधकर किसी का शिकार किया जाता था, तो उसे कारखाने की छत

पर, फूलती हुई बार्बी गुड़िया के तिपाये स्तंभ से लटका दिया जाता था। हो-हुल्लड़ के बीच मरे हुए शकुन को भी टाँग में रस्सी बँधी हालत में लटका दिया गया। उसके बाद, शाम उतरते-न-उतरते कैफीड्रिल की महफिल जम गई। हथकट्टे ने जिशा की माँ को बुला भेजा। सफेदमुँहा, नशे में चूर होकर, अपने ही दल के लोगों को बेईमान कहकर कोषता रहा। 8 और 9 दिन भर की घटना की समीक्षा करते हुए और आंदोलन के भविष्य के बारे में विचार-विमर्श करते हुए, नींद में गुम हो गए।

बौना उस रात सो नहीं सका था। उम्र बढ़ने के साथ-साथ, आजकल उसकी तबीयत ठीक नहीं रहती थी। पेशाब के लिए बार-बार उठना होता था। वैसे आस-पास इतने सारे खाली घर-मकान के बीच, यूँ अकेले रहते हुए, उसे ज़रा भी डर नहीं लगता था। बौने ने कमरे से बाहर निकलकर देखा, निस्तब्ध-शांत खिलौना नगर पर, चाँद अपनी भरपूर रोशनी बरसा रहा था। सुबह, सबसे पहले उसी ने उस शकुन को देखा था। इस बार भी, वही पहला दर्शक था। उत्तर दिशा से खिलौना नगर में दाखिल होते ही, दाहिनी तरफ जो घर खड़े थे, जहाँ रात के वक्त गार्ड लोग बैठा करते थे, उस मकान में धुँधली-धुँधली रोशनी नज़र आ रही थी। खिलौना नगर में, कोई भी चिराग नहीं जलाता था। बर्फीली हवा के झोंके की तरह, कोई खौफ उसके तन-बदन में समा गया, मगर अगले ही पल निकल भी गया। बौना अपने कमरे में लौट आया और बिस्तर से एक चादर लपेटकर, उसने अपने बदन पर लपेट ली। तकिए के नीचे, मोड़कर रखा हुआ उस्तरा उठाकर, अपनी पैंट की ज़ेब के हवाले किया। उसके बाद वह कमरे से बाहर निकल आया और बिना कोई आवाज़ किए, उसने दरवाजा भेड़ दिया। पाड़ी नदी का जहरीला पानी, चाँद की रोशनी में अनगिनत चुमकियों से सजा हुआ! बौने ने अपनी चादर कान और सिर पर लपेट ली।

उढ़के हुए दरवाजे पर दस्तक हुई—ठक्! ठक्! ठक्!

"दरवाजा खुला हुआ है।"

बौने ने दरवाजे को ज़रा-सा खोलकर, अंदर झाँका। कमरे में एक मोमबत्ती जल रही थी। विंडचीटर गिरा-पड़ा-सा, उतनी-सी ही रोशनी में कोई किताब पढ़ रहा था।

"कौन हो तुम?"

"मैं? मैं विदेशी नहीं हूँ। आज ही आया हूँ!"

"नाम?"

"जब, जहाँ जाता हूँ, वहाँ के लोग अपनी पसंद का कोई नाम दे देते हैं मुझे!"

"घुमंतू हो?"

"यह भी कहें, तो मुझे कोई एतराज नहीं है। इस पैकिंग-पेटी पर बैठा जा सकता है?"

बौना बैठ गया। विंडचीटर ने अपना चश्मा उतारा और उसे मोड़कर रख दिया।

"वैसे मेरे पास कोई हथियार नहीं है।"

"मतलब?"

"तुम्हारी ज़ेब छोटी है न! इसलिए अंदर की चीज़ बिल्कुल साफ दिख जाती है।"

बौने ने ज़ेब के ऊपर से ही, उस्तरे को अपने हाथ में दबा लिया।

"रहने दीजिए! जेब में ही पड़ी रहने दीजिए। बाहर न निकालें, बस! शायद फोल्डिंग छुरी है! लगता है, उस्तरा है! उस्तरा बेहद भयंकर होता है!"

बौने ने विषय बदल दिया।

"वह कौन-सी किताब है? कितने दिनों बाद अंग्रेजी की कोई किताब देख रहा हूँ।"

विंडचीटर ने किताब उसके सामने बढ़ा दी।

बौने ने किताब का नाम पढ़ा—'द न्यूक्लिअर विंटर'!

"अब यह किताब पढ़ने से फ़ायदा?"

"फ़ायदा भी नहीं है, नुकसान भी नहीं है।"

"इस जगह का नाम तुम जानते हो?"

"हाँ, रास्ते में कई जगह दिशा-संकेत दिया हुआ है। उसी में लिखा हुआ है।"

"सड़क में डाकू या ठगों ने नहीं पकड़ा?"

"पकड़ा था! लेकिन मेरे पास ऐसी कोई चीज़ नहीं थी, जो वे लेते। खैर, खिलौना नगर के बारे में कुछ जान सकता हूँ? हाँ, अगर तुम्हें कोई एतराज न हो।"

"आज ही?"

"हाँ, कहा न, अगर तुम्हें एतराज न हो।"

"नहीं, मेरा मतलब है...इतना सारा रास्ता...आज रात ज़रा आराम कर लेते, तो...!"

"आराम मैं कर चुका हूँ। शकुन मारने के बाद, जब उत्तेजना ज़रा कम हुई, तब मैने भी ज़रा सो लिया था।"

"शकुन मारते हुए तुमने देखा?"

"ठीक देखा तो नहीं। लेकिन उसे मार डाला गया है, इसका मैंने दूर से ही अंदाज़ा लगा लिया था। चलो, एक ग्रह कटा!"

"कैसा ग्रह?"

"शकुन का ग्रह! शकुन का आना मनहूस होता है! अशुभ लक्षण है। अगर उसे जान से मार न देते, तो तुम लोगों का बड़ा नुकसान होता।"

बौना और विंडचीटर बातें करते रहे। विंडचीटर ने मोमबत्ती बुझा दी। मगर उनकी बातचीत चलती रही। बौना, विंडचीटर को खिलौना नगर का इतिहास बताने लगा।

मरा हुआ शकुन हवा में सिकुड़ते-सिकुड़ते एकदम से सख़्त हो आया और झूलता रहा। जिन लोगों ने उस पंछी को पीट-पीटकर मार डाला था और उसे बार्बी गुड़िया के तिपाये से लटका दिया था, उनका इस तरफ ध्यान ही नहीं गया कि शकुन की बायीं आँख के फूटे कोटर के अंदर, एक अदद लगभग अदृश्य हरे रंग का काँच फिट किया गया था और उसके पंखों के दरारों में बालों जैसे महीन-महीन बुने हुए दो तार, उसके पेट तक चले गए थे, जहाँ वे शकुन के गोश्त में घुसकर, एक माइक्रो बैटरी के साथ जुड़ गए थे...

हिरण्य शरीर

खिलौना नगर का इतिहास बयान करते हुए, बौने को कई बार खटका लगा कि विंडचीटर शायद सो गया है। लेकिन ऐसा नहीं था। रात के आखिरी पहर में जब बौना घर लौटने को उठ खड़ा हुआ, तो विंडचीटर उसे कुछ दूर तक छोड़ने आया। उसके बाद वह भोर का उजाला फूटने तक, पाड़ी नदी के किनारे पड़ी हुई कुछेक चट्टानों में से एक चट्टान पर बैठा रहा।

सन् 1990 में किसी कारोबारी शख़्स ने खिलौना नगर की नींव डाली। उससे पहले, यह जगह कैसी थी, इस बारे में पहले ही बताया जा चुका है। उस ज़माने में इस जगह के इर्द-गिर्द कई-कई गाँव बसे हुए थे। सफेदमुँहे जैसे अनगिनत लोग, जो आज भी खिलौना नगर में मौजूद हैं, वे सब उन दिनों इन्हीं गाँवों में रहते-सहते थे।

उस व्यापारी का ख़ानदानी व्यापार काफी लंबा-चौड़ा था और काफी मुनाफाबख़्स था—बर्बाद जहाज भंडार का कारोबार! लेकिन जैसा कि अक्सर होता है, भाइयों में अनबन हो गई और उसने अपना हिस्सा बेच दिया और यह खिलौना नगर बसाया। यहाँ जो तैयार की जाती थी, उसे कहते थे—स्ट्फ़्ड टॉय—तरह-तरह के मरे हुए खिलौने! लेकिन, इस खिलौना नगर में बार्बी गुड़िया तैयार नहीं की जाती थी। चूँकि इस व्यापारी की इकलौती बेटी को बार्बी गुड़िया बेहद प्रिय थी, इसलिए उस दो-मंज़िले कारखाने के शिखर पर स्थित, तिपाये स्तंभ के ऊपर यह विशाल बार्बी गुड़िया बैठायी गई थी।

जले हुए कारखाने का दो-मंजिला मकान अब भुतहा पड़ा था, लेकिन उसका जलवा काफी शानदार था। उस शख़्स ने काफी सूझ-बूझ और तैयारियों के साथ अपना कारोबार शुरू किया था। उसके पास कनाडा और इटली को खिलौना निर्यात करने का मोटा ऑर्डर मौजूद था। स्टफ्ड टॉय यानी मरे हुए खिलौने बनाने के लिए जो-जो अहम् सामग्रियाँ ज़रूरी होती हैं, वह थीं—फाइबर, फोम, रबड़ और ऊनी कपड़ा। कारखाने की पहली मंज़िल गोदाम थी। वहाँ सारे तैयार माल रखे जाते थे। दूसरी मंजिल पर खिलौने तैयार करने का इंतज़ाम था। यहाँ कुत्ते, भालू, खरगोश, हाथी, बंदर, मगरमच्छ, कछुए, पेंगुइन, डॉलफिन, ज़ेब्रा, बिल्ली, तिपि मछली, बाघ, कंगारू वगैरह तरह-तरह के जीव-जंतुओं के आकार के कपड़े काटे जाते थे, उनके अंदर माप मुताबिक फोम, रबड़ वगैरह भरकर सिलाई की जाती थी। यह सिलाई ज़्यादातर हाथों से ही होती थी, हालाँकि चंद सिलाई-मशीनें भी चला करती थीं। दूसरी मंज़िल में दो डिपार्टमेंट थे—पैकिंग और सिउइंग। शुरू-शुरू में, जब खिलौनों का निर्माण शुरू हुआ, उस दौरान कम मजूरी के खिलाफ मजदूरों ने, ख़ासकर औरतों ने हड़ताल कर दी। नतीजा यह हुआ कि कारखाना काफी दिनों के लिए बंद रहा। उसके बाद, नया मैनेजर लाकर, नये सिरे से कामकाज शुरू हुआ।

उस व्यापारी ने दसेक सुदक्ष मर्द श्रमिक, बाहर से मँगाए थे। उनमें से 8 और 9 अभी भी जिंदा थे। हड़ताल के दौरान, कारखाने के हथियारबंद गार्डों की गोलियों से 1 से लेकर 5 तक मारे गए। बाद में जब गुंडेबाज़ी करने के लिए हथकट्टे और अन्य लोगों को लाया गया, तब सड़क-अवरोध आंदोलन में 6 और 7 भी कत्ल हो गए। यहाँ, कभी कोई नियम-क़ानून नहीं चलता था। कारखाने में आग बुझाने का कोई भी इंतज़ाम नहीं था। अपने व्यक्तिगत राजनैतिक संपर्कों का इस्तेमाल करते हुए, उस व्यापारी ने जब गाड़ियों के आने-जाने के लिए पहले बताई गई, उत्तरमुखी सीधी सड़क बनाई, उस वक्त आग लगने की संभावनाओं की छानबीन और जाँच के लिए एक इंस्पेक्टर आया था, लेकिन उसे मोटी घूस खिलाकर, उससे सर्टिफिकेट वसूल कर लिया गया और उसे वापस भेज दिया गया। वह आदमी अभी हाल ही में नौकरी पर बहाल हुआ था। शुरू-शुरू में, जैसा कि सभी करते हैं, उसने भी थोड़ी-बहुत हिचकिचाहट जाहिर की। लेकिन बाद में, जब उसे यह समझ में आया कि या तो उसके खिलाफ ऊपरवालों को रिपोर्ट पहुँच जाएगी या हथकट्टा गिरोह उसे मार-काटकर, नदी किनारे गाड़ देगा, तो वह मान गया। श्रमिक लोग जब दूसरी मंज़िल पर पहुँच जाते थे, तो ग्रिल के दरवाजे पर ताला जड़ दिया जाता था। कोई माल चोरी न कर ले, इसके लिए एहतियात के तौर पर, खिड़कियों में सींकचे तो लगाए ही गए थे, बाहर से जाली भी चढ़ा दी गई थी।

"आग लगी कब थी?"

"बताता हूँ। ज़रा पानी मिलेगा?"

"देता हूँ!"

अँधेरा होने के बावजूद, सब कुछ साफ-साफ नजर आ रहा था। विंडचीटर ने पानी की बोतल खोलकर, उसकी तरफ बढ़ा दी। बौने ने पानी पिया।

"इस पानी का स्वाद बिल्कुल अलग है। पुराना ज़माना याद आने लगता है।"

"तुम लोग कौन-सा पानी पीते हो?"

"हम लोग इस नदी का पानी पीते हैं। मालूम है, यह पानी ज़हरीला है, मगर क्या उपाय? इसलिए तो हमारे हाथों के पंजे, पैरों के तलवे और चेहरे पर नीले-नीले धब्बे नज़र आते हैं। बाद में यही घाव बन जाते हैं, जो कभी ठीक नहीं होते।"

"पानी ज़हरीला है, भला क्यों?"

"बताता हूँ! आग! पानी! युद्ध! गृहयुद्ध। असल में खिलौना नगर मुर्दा जगह है! मुर्दा हड्डियों का घूरा! तुम्हें एक सलाह दूँ? जितनी जल्दी हो सके, यहाँ से चले जाओ।"

"लेकिन मुझे यहाँ कुछ बुरा नहीं लग रहा है!"

"इतना कुछ सुनने के बाद भी बुरा नहीं लगा।"

"नहीं! मैं बहुत-सी जगहों में घूमा-फिरा हूँ। बहुत कुछ देखा-सुना है। कुछेक सेकंड के अंदर जहाँ लाखों-लाखों लोग भाप बनकर उड़ जाते हैं, तब, और किसी भी बात में भी हैरानी नहीं होती। सबकुछ की आदत पड़ जाती है।"

"इसी बात से, एक बात याद आई। कारखाने का मालिक, यह व्यापारी राजधानी में ही रहता था। पहला बम वहीं तो गिरा था।"

"हाँ, उसके बाद, बंदर-शहर!"

"मालूम है! लेकिन एक बात गनीमत है! खिलौना नगर में कभी बम नहीं गिरेगा! हो सकता है, हम धुकधुकाते-हाँफते ही दम तोड़ दें। लेकिन बम में जलकर तो नहीं मरेंगे।"

जंग से पहले, विश्वायतन बाज़ार में धूमधाम! पहले विश्व की तरफ से खिलौनों का ऑर्डर काफी बढ़ गया था। सन् 98 में विश्वकप फुटबॉल से पहले फ्रांस और यूरोप के और-और देशों से विपुल मात्रा में टॉय फुटबॉल का ऑर्डर आया था। इसके लिए और ज़्यादा श्रमिक, खासकर सिलाई जाननेवाली औरतों की ज़रूरत आन पड़ी। जब पूरे दम से काम चल रहा था, तभी आग लग गई। उन दिनों दिन-रात को मिलाकर, चार-चार शिफ्ट में काम चल रहा था। चूहों के काटने से, हाई वोल्टेज तारों में शॉर्ट सर्किट हो गया और पहली मंज़िल के गोदाम में आग लग गई। वह दिन मई दिवस था! पहली मई! पल भर में आग की लपटें धाँय-धाँय करके आसमान छूने लगीं। दूसरी मंज़िल तक पहुँचने के लिए एक ही सीढ़ी थी, वह भी काठ की

बनी हुई! ऊपर, हिसाब माफिक कहा जा चुका है कि 81 लोग जल मरे थे। आग पूरे छः घंटे तक लगी रही। जो लोग अपनी जान से गए, उनमें अधिकांश औरतें ही थीं। ये औरतें आस-पास के गाँवों से आया करती थीं या फिर बाहर से आकर खिलौना नगर में बस जाती थीं। ख़ैर, मृतकों की संख्या के बारे में कभी भी सही-सही जानकारी पाना असंभव था, क्योंकि उनमें से किसी को भी अलग से पहचान पाना असंभव था। एक चीज़ मैंने अपनी आँखों से देखी थी, इसलिए इसकी मुझे बखूबी जानकारी थी। वहाँ काफी सारे बच्चे भी, बड़ों का पहचान-पत्र लेकर, काम करने आते थे।

"मालिक ने कोई क्षतिपूर्ति मुआवजा दिया था?"

"किस बात की क्षतिपूर्ति? बल्कि जो लोग घायल हुए थे, उनका तो कोई अता-पता तक नहीं मिला, हालाँकि कहा यही गया था कि उन लोगों को इलाज के लिए बाहर भेज दिया गया है। घायलों में एकमात्र सफेदमुँहा चोरी-छिपे निरोग हो उठा। 8, 9 और बूढ़ा दर्जी बच गए। लेकिन हादसे के बाद, उन लोगों को पूरे तीन महीने तक रोके रखा गया, ताकि यह ख़बर बाहर न चली जाए।"

"तुम्हें?"

"मैं तो हिसाब लगाता था! दिन भर की मजदूरी...यानी दिहाड़ी देता था। इसके अलावा भी बहुत सारे काम करता था। उन्हें मालूम था कि मैं किसी से कुछ नहीं कहूँगा।"

"क्यों?"

"डर के मारे।"

"लेकिन मुझे जो आपने बता दिया।"

"अब बताने-न-बताने से कुछ भी नहीं आता-जाता। लेकिन, 8 और 9 उसी दिन से कारखाना खोलने के लिए आंदोलन चलाए जा रहे हैं। मुझे तो लगता है, वे दोनों पागल हैं।"

"क्यों?"

"कौन कारखाना खोलेगा? कौन रुपये देगा? और कारखाने में काम कौन करेगा? कौन ऑर्डर पकड़ेगा? कैसे, क्या होगा?"

"क्यों? खिलौना नगर में जो लोग हैं, वे लोग यह सब नहीं कर सकेंगे?"

"वे लोग कुछ भी करने लायक नहीं हैं, जितने दिन यहाँ खाना और कैफीड्रिल मौजूद है उतने दिन जिंदा हैं। उसके बाद सूख-सूखकर मर जाएँगे।"

"8 और 9 करते क्या हैं?"

"वे दोनों मिलकर जुलूस निकालते हैं; पोस्टर चिपकाते हैं। कहते हैं, लोग-बाग समझना नहीं चाहते, सुनना भी नहीं चाहते, फिर भी ये दोनों समझाते-बुझाते रहते

हैं। लेकिन, हाँ, एक बात के लिए मैं उन दोनों की तारीफ करता हूँ।''

''किस बात के लिए?''

''इस इलाके में सभी लोग हथकट्टे के डर से दम साधे रहते हैं। उन लोगों के साथ लगे नहीं कि गए काम से! लेकिन ये दोनों हथकट्टे से बिल्कुल नहीं डरते। यह बात कम तो नहीं। आज तो हथकट्टे की धूमधाम और बढ़ गई। देखना, कल से उनका डमरू बजाना डबल हो जाएगा।''

''क्यों?''

''उन्हीं लोगों ने तो शकुन को मारा है। बकौल तुम्हारे, बहुत बड़ा ग्रह कट गया। लेकिन, यह सब मामला मेरी समझ से बाहर है।''

''क्या?''

''यह ग्रह...यह मुसीबत...ये सारे अशुभ हथकंडे...? इस मामले में, मैं 8 और 9 से बिल्कुल सहमत हूँ।''

''हाँ, सो तो हो ही सकते हो। लेकिन मेरी बातें भी झूठ नहीं हैं। शकुन को बुलाया किसने था, यह बता सकते हो?''

''बुलाएगा कौन? शकुन को कोई बुलाता है भला?''

''बुलाता है, वर्ना न कोई मुर्दा, न हड्डियों का घूरा, कहीं, कुछ भी नहीं, फिर अचानक शकुन कहाँ से आ धमकता? अरे, बुलावा मिला था, तभी तो आया।''

''किसने बुलाया था?''

''जो लोग मरे, उन लोगों ने। वे लोग अभी भी दुःख-कष्ट में जल रहे हैं; भूख से फुँक रहे हैं; अहसनीय यंत्रणा से छटपटा रहे हैं। तुम लोगों को समझ में नहीं आ रहा है?''

''ना!''

''उनकी चीख-पुकार, उनकी रुलाई सुनाई नहीं दे रही है?''

''ना! लेकिन किसी-किसी का कहना है, कारखाने की दूसरी मंज़िल से रात के वक्त भयंकर आर्तनाद सुनाई देता है।''

''यह तो स्वाभाविक है! किसी-किसी को नहीं, सभी को वह रुलाई सुनाई देती है या एक-न-एक दिन ज़रूर सुनाई देगी। सुनने को लाचार हो जाएँगे। मैंने ऐसा बहुत देखा है।''

अगर एक जुमले में कहा जाए, तो कारखाने में आग लगने के बाद, खिलौना नगर मर गया। उसके बाद जो बच रहा है, उसे खिलौना नगर का भूत ही कहा जा सकता है। खिलौने और गुड्डे-गुड़ियाँ बनानेवाला जो उपनिवेश बसा हुआ था, अब वह जिंदा नहीं रहा या खर्च के खाते में दर्ज़ हो चुका है, यह ख़बर ज़रूर ही ऊपर महल तक पहुँच चुकी होगी, वर्ना जंग शुरू होने से कुछ ही महीनों पहले यानी

समूचे देश में जब घोर गृहयुद्ध चल रहा था, तब अचानक खिलौना नगर की पश्चिम तरफ तेज़ाबी और रसायनिक कचरा फेंककर, कृत्रिम पहाड़ रचने की परिकल्पना भला क्यों रची जाती? या फिर यह भी मुमकिन है कि जिन लोगों ने यह कचरा फेंकने की योजना बनाई, उन्हें शायद यह बताया गया हो कि किसी ज़माने में वहाँ गुड़ियाँ बनाने का कारखाना स्थित था और वहाँ लोग-बाग़ भी रहते-सहते थे, लेकिन आग में कारखाना जलकर राख हो जाने के बाद, अब वहाँ कोई आबादी नहीं बची; वहाँ अब कोई इंसान नहीं रहता और भविष्य में फिर वहाँ आबादी नहीं बसनेवाली! इसकी कोई संभावना भी नहीं है।

"हम सब अवाक् होकर देखते रहते थे। अजब ताज्जुबभरा कांड—कारखाना शुरू हो गया। ट्रक पर ट्रक आने लगे, जले हुए पत्थर, या रबड़ के लोंदे जैसी कोई चीज़ फेंक-फेंककर ढेर लगाते, उसके बाद दुबारा कचरा लाने के लिए, खाली ट्रक वापस लौट जाते। जैसे चींटियाँ नियम मुताबिक कतार-दर-कतार रेंगते हुए अपने कामकाज में लगी रहती हैं, बिल्कुल उसी तरह ट्रक पर ट्रक आते, कचरों का ढेर फेंकते और लौट जाते। ये ट्रक सड़क की राह आते, खिलौना नगर में दाखिल होते ही दाहिनी तरफ मुड़कर, नदी की तरफ से, पिछवाड़े की तरफ जा पहुँचते। ये ट्रक काफी बड़े-बड़े होते थे और उनके पहिये दरार-दार होते थे, ट्रैक्टर के पहियों की तरह। हम लोगों ने उन ट्रैक्टरों को नाम दिया था—बेलचागाड़ी! बेलचे की तरह ही ये गाड़ियाँ, अपने अंदर भरे हुए कचरे, अपनी पिछाड़ी खोलकर, उलट देती थीं।"

"तुम लोगों को यह कब पता चला कि ये कचरे ज़हरीले हैं?"

"बाद में! वे लोग वे कचरे सूखे के मौसम में फेंक रहे थे। उस वक्त कुछ नहीं हुआ। हमें उस तरफ जाने की मनाही थी। लेकिन, जो लोग हिम्मत करके उधर जाते भी थे, उनमें से कुछ लोग पाँवों में जलन होने या बाद में छोटे-छोटे छाले पड़ने की भी शिकायत करते थे। उस वक्त भी हमारी समझ में कुछ भी नहीं आया।"

"उसके बाद?"

"सारी बात समझ में आई, बरसात के बाद। नदी के पानी का रंग अचानक बदल गया। मछलियाँ मर गईं। इस हिस्से में पेड़-पौधे वैसे भी बहुत कम थे, लेकिन नदी किनारे, एक क़िस्म का काँटेदार झोंप-झाड़ उगा करता था, जिसमें पीले-पीले फूल खिला करते थे। हैरत की बात यह थी कि वे काँटेदार झोंप-झाड़ भी मर गए।"

"तुम लोग उसी नदी का पानी पीते हो?"

"और कोई उपाय भी क्या है? हम यही पानी पीते हैं। हम जानते हैं कि हम ज़हर पी रहे हैं, लेकिन क्या करें? अभी तो अँधेरा है, वर्ना आप देखते, मेरे हाथ-पाँवों में कैसे नीले-नीले दाग़ पड़े हैं। सभी लोगों के हाथ-पाँवों में ऐसे दाग़ पड़े हैं। कल उजाले में देख लेना। गृहयुद्ध के समय, जो लोग खिलौना नगर से भाग

गए, लगता है, उनमें से कोई-कोई तो बच गए, बाकी लोगों की यही हालत है।"

बौना कुछ देर के लिए बिल्कुल ख़ामोश हो रहा। विंडचीटर और बौना, दोनों ही, कुछ देर, एक-दूसरे की लंबी-लंबी उसाँसे सुनते रहे।

"ज़हर इतना भयंकर है कि तुम्हें यहाँ कीड़े-मकोड़े, मक्खी-मच्छर, कुछ भी नज़र नहीं आएँगे। उस शकुन को भी ये हथकट्टे लोग न मारते, तो वह तो यूँ भी मर जाता। उसे मारने की कोई ज़रूरत नहीं थी। इसीलिए मैंने तुमसे कहा कि तुमने चाहे कितनी भी दुनिया देखी हो, जितनी जल्दी हो सके, यहाँ से चले जाओगे, तुम्हारे लिए उतना ही मंगल है। यहाँ, कभी कोई नहीं आता। कितने दिनों से यहाँ कोई नहीं आया। अरे, हाँ, यह बताना तो मैं भूल ही गया। कचरों से भरे ट्रक लेकर जो लोग आते थे, उनमें से ही एक ड्राइवर ने 8 और 9 को बताया था कि ये कचरे हमारा ही देश, विदेशों से लाता है, ढेर-ढेर रुपये पाने के लिए। ये जो अमीरों के देश हैं न, इतने सारे कचरे तैयार ज़रूर करते हैं, मगर अपने देश में इन्हें जमने नहीं देते, गरीब देशों को चालान कर देते हैं। कहते हैं, दुनिया का यही नियम है। तुम क्या जानते हो? क्या यही नियम होता है?"

"भई, लिखा-पढ़ी में यह नियम या कानून मौजूद है या नहीं, यह तो पता नहीं। लेकिन बात शायद सच है! समूची दुनिया में इस क़िस्म का अन्याय चल रहा है। गरीब देशों के लोग भुगत रहे हैं? बेचारे करें भी क्या?"

"यह जवाब मुझे भी मालूम है। लेकिन, कुछ कर नहीं सकते। कुछ भी नहीं! 8 या 9 चाहे जितने भी पगलैट हों, एक ही विश्वास के ज़ोर पर ज़िंदा हैं। किसी-न-किसी दिन यह खिलौना कारखाना ज़रूर खुलेगा। ख़ैर, यह विश्वास लेकर वे दोनों मरते हैं, तो मरने दें। यह जो हथकट्टा है, बिल्कुल नाछोड़बंदा! उसके जीने की भी, ज़िंदा रहने की एक वजह है। लेकिन मैं क्यों ज़िंदा हूँ? मैं तो बौना पैदा हुआ, पूरा-पूरा इंसान कैसे जीता है; कैसे ज़िंदा रहता है, यह तो देख ही लिया। इतनी भयंकर आग लगी; इतने सारे जीते-जागते लोग जल मरे, मेरे बदन पर, बस, ज़रा सी आँच भर आई। इससे ज़्यादा कुछ नहीं। इसके बाद भी देखा, पानी के ज़हर से कितने ही लोग मर गए। इधर मैं जस का तस! भुसुंडी के काक की तरह ही, जीते जी, मुर्दों की तरह तिल-तिल जल-फुंक रहा हूँ। जाने कब तो इसका अंत होगा, बता सकते हो?"

"हो सकता है, बता सकूँ। लेकिन सच पूछो तो यही कहूँगा कि अगर इसका जवाब मुझे मालूम भी हो, तो मुझे नहीं बताना चाहिए। अच्छा, तुम मुझे एक बात बता सकते हो?"

"क्या?"

"यह तो मैं बखूबी समझ सकता हूँ कि 8 और 9 के पास जीने की एक

वजह मौजूद है। लेकिन हथकट्टा? वह क्यों पड़ा रहा यहाँ?''

''अरे, वह तो उस व्यापारी का पाला हुआ गुंडा बनकर आया था। पहले तो वह बंदर शहर में चोरी-चमारी और तस्करी का काम करता था। आग लगने के बाद, उसे तो यहाँ रहना ही नहीं चाहिए था, लेकिन फिर भी वह जमा रहा। वैसे उसमें जो-जो हुनर था, जो-जो वह जानना चाहता था, अगर वह किसी और जगह चला जाता, तो उसे लोग खुशी से लपक लेते। लेकिन वह जाएगा ही नहीं! हरगिज नहीं टलेगा।''

''क्यों?''

''देखो, तुम्हारे साथ आज जितनी बातें कीं, उतनी तो शायद अपनी समूची ज़िंदगी में नहीं की, कभी करूँगा भी नहीं। अगर तुम मुझे वचन दो कि तुम दोस्ती का मान रखोगे, ये बातें किसी को भी नहीं बताओगे, किसी को भी नहीं, तभी मैं बता सकता हूँ।''

''तुम मुझ पर भरोसा कर सकते हो। मैं वादा करता हूँ।''

''आग लगने के समय, कारखाने का जो मैनेजर था न, एक दिन नशे की बेसुधी में, उसी ने मुझे यह बात बताई थी। खिलौना नगर में ही कहीं, उस व्यापारी के ढेर सारे सोने के बिस्कुट मौजूद हैं। यह बात, सुना है, उस हथकट्टे को भी मालूम है। लेकिन सोने के बिस्कुट किस जगह गड़े हुए हैं इसकी जानकारी न मैनेजर को थी, न हथकट्टे को है!''

''वह मैनेजर अब कहाँ है?''

''आग लगने के बाद ही, यह इलाका छोड़कर, वह फ़रार हो गया। कहाँ गया, अब वह कहाँ है, इसका कोई अता-पता नहीं है।''

''क्या तुम भी इस बात पर विश्वास करते हो, कि उस व्यापारी के सोने के बिस्कुट आज भी यहाँ मौजूद हैं? इस खिलौना नगर में?''

''मेरे विश्वास-अविश्वास से क्या आता-जाता है? लेकिन मैंने चोरी-छिपे नज़र रखी है कि हथकट्टा बहुत-सी जगहों की खुदाई करता रहता है; लोहे के डंडे से सिल्ली पर झाड़ू मार-मारकर, खोखली आवाज़ें तलाश करता फिरता है। यह सब मैंने अपनी आँखों से देखा है।''

''चलो, मैं यह बात किसी को नहीं बताऊँगा, यह सच है, लेकिन एक बात है। अगर मुझे सोने के ये बिस्कुट मिल जाएँ, तुम क्या अपना हिस्सा लोगे?''

''मेरा हिस्सा? मतलब?''

''मतलब, बिल्कुल सीधा-सादा है। अगर तुम मुझे न बताते, तो मुझे कुछ भी पता नहीं चलता। वैसे ये सोने के बिस्कुट खोजने पर, मुझे ही मिल जाएँगे, मैं यह दावा भी नहीं करता। लेकिन, फ़र्ज़ करो, मुझे मिल ही जाएँ, तो क्या तुम अपना

हिस्सा माँगोगे?''

बौने ने कोई जवाब नहीं दिया। उसकी लंबी-लंबी उसाँसें साफ सुनाई देती रहीं। अचानक वह खाँसने लगा।

''चलो, अभी जवाब देने की ज़रूरत नहीं है। काफी रात हो चुकी है। जाओ, अब घर लौट जाओ। घर जाकर सोच लेना। कल या परसों मुझे बता देना।''

विंडचीटर के लहजे में इतनी संजीदगी थी और उसकी बातों में इतना भरपूर आत्मविश्वास था कि बौने को कोई जवाब ही नहीं सूझ पड़ा। उसका कोई जवाब न खोज पाना, मौन सहमति जैसा ही था।

''चलो, तुम्हें कुछ दूर तक पहुँचा दूँ।''

''नहीं, मैं खुद चला जाऊँगा!''

''हाँ, सो तो जा सकते हो। मैंने क्या यह कहा, तुम जा नहीं सकोगे? असल में, अभी मुझे नींद नहीं आएगी। मैं तो यह कह रहा था कि सर्दी के मौसम में थोड़ी दूर चलना, अच्छा लगेगा। चलो!''

आदित्य शरीर

अगली सुबह जब बौने की नींद टूटी, तो दिन काफी चढ़ आया था। लेकिन विंडचीटर की नींद काफी पहले ही टूट गई। जागने के बाद विंडचीटर को लगा कि अभी वह न भी उठे, तो चलेगा। इसलिए उसने सोचा, यूँ अवश जगे रहने के बजाय, इस वक्त सपना देखा जाए, तो कैसा रहे? सपने में वह जहाँ चाहे जा सकता है; जो चाहे कर सकता है। किसी-किसी का कहना है कि सपने में या आधे जागरण में, इंसान अपना शरीर छोड़कर निकल जाने की क्षमता रखता है! ऐस्ट्रल ट्रैवेल या आउट-ऑफ-द-बॉडी के अनुभव के बारे में कम पागलपन नहीं हुआ! ख़ासकर 90 के दशक में जब सबकुछ उलट-पलट देने का आँधी-तूफान, एक मेरु विश्व की तरफ मुड़ गया, तब तथाकथित नये विचार के नाम पर अनगिनत आलतू-फालतू, अजीबोगरीब ख्यालात ने एकदम से सिर उठाया था। सपनों की तरह ही! अच्छा, अपना सपना क्या किसी जानी-पहचानी जगह या घटना से शुरू किया जाए? या बदन पर पड़े विंटचीटर, उसके दंतटुट्टे जिप-बंद से ही? जाने कहाँ तो उसने पढ़ा था कि जिप-बंद के साथ रेलपथ में कहीं कोई मेल होता है। कहाँ? लेकिन ठंडी हवा का झोंका आए, तो दंतटुट्टे जिप-बंद को गले तक नहीं खींचा जा सकता। यह ठीक-ठीक सपना नहीं होता। यह एक वास्तविक समस्या होती है। इन्हीं सब ख्यालों में डूबे-डूबे विंडचीटर को काफी दूर पर, बेहद ऊँची आवाज़ में किसी की डाँट-डपट की आवाज़ें

सुनाई दीं। कोई किसी को बेतरह डाँट रहा हो, ऐसा भी नहीं था, क्योंकि कोई सुर-ताल में डाँटता या धमकाता नहीं है। ऊँची आवाज़ का लहजा भी अनजाना नहीं था। वह स्लोगन था! नारा!

शकुन मारने के बाद, हथकट्टे-गिरोह का वजन ख़ासा बढ़ जाएगा, यह बात 8 और 9 बखूबी समझ गए थे। सफेदमुँहे दल को भड़काकर भी कोई फ़ायदा नहीं हुआ। वैसे यह हकीक़त याद रखना भी ज़रूरी है कि भविष्य में अगर कोई झड़प या संघर्ष हुआ, जिसकी संभावना ज़्यादा है, तो सफेदमुँहे का गिरोह लड़ाकू मजदूरों का ही पक्ष लेगा। 8 और 9 की कमोबेश, इसी क़िस्म की राय थी! अहाते में उन दोनों ने चार पोस्टर चिपकाए थे—'मालिक, तुम भागकर पार नहीं पा सकते।' 'जंगी श्रमिक वर्ग के साथ खड़े हो।' 'अमर शहीद, लाल सलाम' और 'दुनिया के मजदूर एक हो।'

विंडचीटर ने पिछली रात की बातचीत के साथ मिलान करके देखा और समझ गया कि 8 और 9 का आंदोलन जारी है। गूँजते हुए नारे कहीं दूर होते गए। 8 और 9 कहीं एक जगह थमे हुए नहीं थे। वे दोनों खिलौना नगर की परिक्रमा कर रहे थे।

"बंद कारखाने खोलने होंगे।"

कोई जवाबी नारा सुनाई नहीं दिया।

"क्या हुआ? आवाज़ को क्या हुआ?"

"अब बोला नहीं जा रहा है! गले में दर्द हो रहा है।"

"बोला नहीं जा रहा है, क्या मतलब? यह दर्द-वर्द भूल जाओ। गला चिरता है, तो चिरने दो।"

"ग़लती हो गई, कॉमरेड। चलो, स्लोगन दो।"

"मालिक का कुत्ता, गुंडा बदमाश, होशियार!"

"होशियार! होशियार!"

"दल्लालों को करो हलाल!"

"करो हलाल! करो हलाल!"

"पुलिस लगाकर आंदोलन बंद करना, नहीं चलेगा!"

जवाबी स्लोगन फिर खामोश।

"अरे, क्या हुआ?"

"इस बार ग़लती तुम्हारी है, कॉमरेड! मेरी आवाज़ में नहीं! पुलिस कहाँ है?"

"ठीक ही तो! असल में बोलते-बोलते आदत पड़ गई है। चलो, गोली मारो! अच्छा, आज के कार्यक्रम में नुक्कड़-प्रदर्शन भी था न?"

"रुको, एक बार देख लूँ।"

9 ने अपनी ज़ेब से कागज का एक टुकड़ा निकालकर पढ़ा।

"है न! कारखाने के अहाते में!"

"ठीक है! तब तुम ज़रा आराम कर लो।"

"हाँ, बेतरह हाँफ गया हूँ।"

जब वे लोग आराम कर रहे थे, उसी वक्त बरकन्दाज़ ने देखा कि दूर, गार्ड के कमरे के करीब, लंबी दाढ़ीवाला, विंडचीटर और जींस पहने एक शख़्स इधर-उधर ताक-झाँक कर रहे थे। वह आदमी सड़क से जाने क्या तो उठाकर ले आया और उसे ज़ेब में रख लिया। उसकी निगाहें एकटक नदी की तरफ गड़ी थीं। बरकन्दाज़ हथकट्टे को ख़बर देने के लिए दौड़ पड़ा।

कुमार और जिशा एंटी एयरक्राफ्ट तोप से टिके बैठे हुए थे। कुमार को किसी किताब का पन्ना पड़ा हुआ दिख गया था। वह उसे उठा लाया था और इस वक्त, जितना कुछ पढ़ा जा सकता था, वह पढ़ता जा रहा था। जिशा उसके कंधे से सिर टिकाए खामोश थी। पन्ने के ऊपरी तरफ अगल-बगल तीन नक्शे आँके हुए थे—एक लंबी पाइप का आकार; दूसरा गोलाकार; तीसरा एक गिलास जैसा! तीनों तस्वीरों के ऊपर यथाक्रम अंग्रेजी में छपा, गन-टाइप फिशन बम; इम्प्लोशन-टाइप फिशन बम और थर्मोन्यूक्लिअसर वारहेड। हर तस्वीर के विभिन्न हिस्सों पर तीर का निशान लगाकर परिचय लिखा हुआ! मसलन तीसरे नंबर की तस्वीर के तीन हिस्से थे—लिथियम ड्यूटेराइड, यू-238 और फिशन डिवाइस! कुमार ने वह पन्ना ममोड़-चपोड़कर दूर उछाल दिया। ठीक उसी वक्त, करीबी अहाते से स्लोगन सुनाई दिया :

—इन्कलाब, ज़िंदाबाद

—ज़िंदाबाद, ज़िंदाबाद

—भूखा मजदूर, करे पुकार

—इन्कलाब, ज़िंदाबाद

कुमार ने जिशा के माथे पर प्यार आँक दिया। जिशा के तन-बदन में, प्यार पाकर सिहरती हुई बिल्ली जैसी झुरझुरी फैल गई।

9 ने गला खँखारकर कहना शुरू किया—

"कॉमरेड्स, खिलौना कारखाने के श्रमिक यूनियन के साधारण सचिव और आप सबके प्रिय नेता, कॉमरेड 8 अब अपना वक्तव्य पेश करेंगे।"

"कॉमरेड्स, खिलौना नगर के नागरिक वृन्द से...आज हमारा आंदोलन... तरह-तरह की बातचीत जारी है...लेकिन आज तक सही-सही मुआवजे के बारे में, मालिक पक्ष, हमारे साथ बातचीत के लिए बैठने की बात तो दूर...भूमंडलीकरण के नाम पर, दुनिया के तमाम गरीब देशों के मेहनतकश इंसानों को मिटा डालने की यह साजिश...यह पाखंड हमने बहुत बर्दाश्त किया...हम जानते हैं कि हमारे कारखाने

में जो खिलौने तैयार किए जाते थे, उसकी माँग ज़रा भी कम नहीं हुई है...बाज़ार अर्थनीति की यह साजिश है...। हमारी आप सबसे अपील है कि आप लोग हताश न हों...हिम्मत न हारें...मालिक के दल्लाल के झूठे प्रचार के जाल में क़दम मत रखिएगा। हम उन्हें होशियार कर देना चाहते हैं कि अगर उन लोगों ने नए सिरे से हमला करने का मंसूबा बनाया तो हम लोग भी तैयार हैं। यह सच है कि हम सब हिंसा और संत्रास के विरोधी हैं, लेकिन...वे लोग याद रखें कि हमारे सब्र की भी एक सीमा है! यह जंग किन लोगों ने छेड़ी है, आप लोग बखूबी जानते हैं कि यह जंग, यह असीम क्षय-क्षति, इतनी-इतनी जानें तबाह होना...हाँ, हम यह मानने से इंकार नहीं करते कि परिस्थिति बेहद जटिल है। हमारे कई कॉमरेड, हथियारबंद पुलिस और मालिकों की गुंडा फौज के चोरी-छिपे हमलों में शहीद हो गए! कॉमरेड्स, दुनिया की चाहे जितनी भी मनगढ़न्त सफाई वे लोग देते रहें, उन्हें पलट डालने की ताकत हम ही रखते हैं। इसलिए आज हमें नए सिरे से शपथ लेना है...अपने संग्राम में जय हमारी ही होगी। हमें मालूम है, हमारी लड़ाई...एक ऐतिहासिक लड़ाई है ...हम अपने खून की आखिरी बूँद तक...आप सबको अपना विप्लवी अभिनंदन अर्पित करते हुए और आगामी दिनों में अपनी इस लड़ाई को और ज़्यादा तीव्र और ज़ोरदार करने के वादे के साथ...इन्कलाब, ज़िंदाबाद! खिलौना कारखाने की लड़ाकू मजदूर यूनियन, ज़िंदाबाद!"

अपना वक्तव्य खत्म करके 8 एकदम से हाँफने लगा।

9 ने उसके कंधे पर धौल जमाई।

"जब्बर भाषण दिया।"

"कुछ छूटा तो नहीं?"

"ऐसा कुछ याद तो नहीं पड़ता, लेकिन, अगर अपने भावी कार्यक्रम के बारे में अगर पहले से ही कुछ बता देते, तो शायद..."

"लेकिन तुम्हारे साथ 'सिटिंग' किए बिना, मैं कैसे बोलता?"

"हाँ, यह तो है।"

"अच्छा, ज़रा पानी पिला सकते हो?"

"हाँ, क्यों नहीं?"

जवाब विंडचीटर ने दिया।

8 और 9 एकबारगी चौंक उठे। इतने करीब, कुल कुछेक हाथ की दूरी पर, सीमेंट के बड़े-से टुकड़े पर बैठा-बैठा, वह आदमी भी उसका भाषण सुन रहा था, इस ओर उनका ध्यान ही नहीं गया। हालाँकि ध्यान न जाए, ऐसी कोई स्थिति नहीं थी। चारों तरफ तेज़-तेज़ उजाला था। विंडचीटर ने पानी की बोतल उसकी तरफ बढ़ा दी।

"तुम्हारा भाषण मुझे भी अच्छा लगा, हालाँकि तुम लोगों की तरह, इस बारे में मुझे कोई जानकारी नहीं है।"

"तुम क्या मालिक के आदमी हो?"

"लगता तो नहीं।"

"तुम्हारा नाम?"

"चाहे जो भी नाम दे लो। आखिरी जिस शहर में था, उन लोगों ने मुझे विंडचीटर नाम दिया था।"

"तुम क्या छंटाई मजूदर हो?"

"ना!"

"फौज से भागे हुए हो?"

"ना! ऐसा भी नहीं!"

"फिर, तुम क्या हो?"

"विंडचीटर! लो, पानी पियो! काफी देर चिल्लाते रहे हो।"

पानी की बोतल खोलकर 8 ने पानी पिया। विंडचीटर की नज़र बार्बी गुड़िया पर पड़ी। उसके होठ मुस्कुरा उठे। जिशा और कुमार भी उनकी तरफ बढ़ आए। 8 ने पानी की बोतल वापस कर दी।

"पानी बहुत मीठा है। यह मेरी नदी का पानी नहीं है। इसका स्वाद कड़वा नहीं है।"

"मैं जिस आखिरी शहर में था, यह पानी वहीं के एक कुएँ से भर लिया था।"

"वह जगह, यहाँ से कितनी दूर है?"

"का-फी दूर!"

"यहाँ कब आए?"

"कल।"

"तुम्हें देखा तो नहीं।"

"मैं उस घर में रहता हूँ।"

विंडचीटर ने दूर...उस गार्ड के घर की तरफ इशारा किया।

"कल इस शहर में एक कांड हो गया, पता है?"

विंडचीटर ने झूलते हुए शकुन की तरफ नज़र डाली।

"जानता हूँ। अगर यह कांड न घटा होता, तो तुम लोगों का बड़ा नुकसान हो जाता।"

"मतलब?"

"शकुन बेहद अशुभ होता है।"

"तुम यह शुभ-अशुभ मानते हो?"

विंडचीटर ने कोई जवाब नहीं दिया। जिशा और कुमार ने उसकी तरफ ऐसे देखा, जैसे वह उनका बेहद जाना-पहचाना शख़्स हो। 8 ने परिचय कराने का औपचारिक काम पूरा किया।

"यह जिशा है। वह बात नहीं कर सकती। यह है कुमार! अच्छा मिस्त्री है! हमारा दोस्त है।"

कुमार ने हाथ बढ़ा दिया। विंडचीटर ने उसका हाथ थाम लिया। उसका हाथ थामे-थामे ही वह 8 और 9 से बातें करने लगा।

"तुम लोग यही चाहते हो न कि कारखाना खुल जाए?"

"हम ही क्या, सभी यही चाहते हैं।"

"तो फिर तुम्हारी बात सब लोग सुनते क्यों नहीं?"

उन लोगों ने कोई जवाब नहीं दिया।

कुमार ने कहा, "मैं उन लोगों से कह चुका हूँ। यह सब बेकार की हल्लेबाज़ी करके कोई फ़ायदा है भला? लेकिन कौन, किसकी सुनता है? अरे, भई, कारखाना क्या खुद-ब-खुद खुल जाएगा? मैंने कहा—पहले हाथ का काम सीखो। चलो, कहीं दूर चले जाएँ। फालतू यहाँ पड़े रहने से क्या फ़ायदा?"

"वे लोग अगर जाने को राजी नहीं हैं, तो तुम ही जिशा को लेकर क्यों नहीं चले जाते?"

कुमार सकपका गया।

"बाहर, ठीक भरोसा नहीं होता।"

"मैं तो बाहर से ही आया हूँ। खैर, अब मैं चलूँ। मुझे नींद की ज़रूरत है। बाद में देखेंगे।"

जाते-जाते, विंडचीटर अचानक घूमकर खड़ा हो गया। उसने शकुन पर निगाह डाली। उसने अपनी ज़ेब से सिगरेट का पैकेट निकाला! लाइटर भी निकाल लिया और एक सिगरेट सुलगा ली।

"किसी को सिगरेट चाहिए?"

कुमार आगे बढ़ आया। उसने कुमार को दो सिगरेट थमा दिए। कुमार ने झेंपते हुए, एक सिगरेट जेब में रख ली और दूसरी सुलगा ली।

"चलता हूँ!"

विंडचीटर आगे चल पड़ा। कुमार लौट आया।

"ख़ासा दिल-दरिया बंदा है!"

8 और 9 ने कोई मंतव्य नहीं दिया। हवा के झोंके के साथ, रस्सी से बँधा शकुन गोल-गोल घूमने लगा। ठंड में सूखता रहा। कुमार ने जो फटा हुआ पन्ना मरोड़कर फेंक दिया था, उसमें तीन-तीन नक्शों के अलावा कुछ लिखा हुआ भी था।

जैसे तीखे ताप में हल्के वजन के न्यूक्लिअस के फ्यूशन से थर्मोन्यूक्लिअर अस्त्र अपनी क्षमता प्राप्त करता है, इसके लिए ज़रूरत पड़ती है, सूर्य के केंद्र में जो ताप निहित है या उससे भी ज़्यादा—लगभग, 15,000,000 डिग्री सेंटीग्रेड! चूँकि फिशन विस्फोरण के जरिये इस ताप का निर्माण किया जाता है, इसलिए थर्मोन्यूक्लिअर अस्त्र को फिशन-फ्यूशन बम भी कहा जाता है। हिरोशिमा और नागासाकी में यही फिशन बम बरसाया गया था। हिरोशिमा में इस बम ने 70,000 से 1,00,000 लोगों की हत्या की। आजकल के थर्मोन्यूक्लिअर बम की विस्फोरण क्षमता 8 से 40 गुने ज्यादा ज़बर्दस्त होती है। एक मेगाटन के एक अदद थर्मोन्यूक्लिअर बम-विस्फोट की क्षमता 200,000,000 कमानों के गोलों के बराबर होती है। ऐसी ही ढेरों बातें, इस पन्ने पर छपी हुई थीं या पुरानी पड़ गई थीं। इस प्रसंग में यह भी बता दिया जाए कि 'द न्यूक्लिअर विंटर' नाम की जो किताब, बौने ने विंडचीटर को पढ़ने के लिए दी थी, उसका वक्तव्य भी अब पुराना पड़ चुका था। लेकिन मजे की बात यह है कि इंसान जितना-जितना जानता है, उतना-उतना ज्यादा जानने का सबक लेता है या जानना चाहता है। जितने से की उसे जानकारी नहीं है, उस बारे में उसका सिरदर्द भी कम है और है भी, तो यह सोच, वह दूसरों को सौंप देता है। सिर्फ खिलौना नगर ही नहीं, न्यूयॉर्क, मॉस्को, बेजिंग, कोलकाता हर जगह यही सच है।

पिछली रात बौने ने पूरा-पूरा एक सपना देखा था। उसने सपना देखा कि खिलौना कारखाने में हज़ारों-हज़ार बौने खिलौने तैयार किए जा रहे हैं। ये खिलौने स्टफ्ड नहीं हैं, खोखले हैं। पीछे मलद्वार की तरफ एक सीटी लगी हुई है। खिलौने को दबाते ही पैंक-पैंक आवाज़ निकलती है। इन खिलौनों पर मुहर मारकर, बाज़ारों में भेजते ही, बहुत-से बौने ये खिलौने ख़रीद ले जाते हैं और वे लोग बौने तैयार करनेवाला कारखाना खोल लेते हैं। वहाँ और-और बौने तैयार किए जाते हैं। अब कनाडा, इटली को खिलौने भेजने का ऑर्डर पानेवाला वही मालिक यानी असली मालिक, बौने को इन सभी बौने खिलौनों का हिसाब लगाने की हिदायत देता है।

बौना यह सपना देखते हुए पसीने-पसीने हो उठा। अचानक उसकी नींद टूट जाती है और वह देखता है कि बूढ़ा दर्जी उसे झकझोरकर जगा रहा है।

"क्या बात है? कोई सपना देख रहे थे?"

"हाँ!"

"मैंने सोचा, इतना दिन चढ़ आया, तुम अभी तक नहीं आए। कहीं तबीयत-वबीयत तो ख़राब नहीं हो गई?"

"कल एक शख़्स, खिलौना नगर में आया है।"

"कहाँ से?"

"पता नहीं!"

"नाम?"

"नाम नहीं बताया।"

"पिछली रात क्या हुआ, पता है?"

"क्या?"

"वह गुड़िया गोल-गोल घूमती रही। सिर्फ इतना ही नहीं, डुबकी लगाकर तैरती भी रही, फिर हँसती रही।"

"तुम्हें कैसे पता?"

"जब मैं आ रहा था, जिशा की माँ ने बताया। बता रही थी, उसने तीनों औरतों की जुबानी यह बात सुनी।"

"उसने कहा और तुमने विश्वास कर लिया?"

"नहीं, यह बात नहीं है।"

"वे लोग कह रही थीं, शकुन आएगा।"

"पता नहीं!"

बूढ़े दर्जी और बौने ने गार्डों के घर जाकर देखा, विंडचीटर वहाँ नहीं था। उसका हैवासैक खुला पड़ा था और सारा सामान बिखरा हुआ था।

साइकिल के दो पहिए, कई मोमबत्ती, एक टूटा-फूटा ट्रांजिस्टर रेडियो, कई पैकेट बिस्कुट, टिन के एक डिब्बे में कई चुरुट और टूटी-फूटी घड़ी या कैलकुलेटर के टुकड़े, जंग लगी कई-एक बैटरी, तम्बाकू पीने की पाइप, कई-एक शीशियों में कुछेक टैबलेट, तीन-चार विदेशी पत्रिकाएँ और दो अदद किताबें! हथकट्टा अपने दल-बल समेत उस कमरे में आया था। उसने हैवासैक उलटकर, उसका ओना-कोना छान मारा। संदेहजनक कुछ भी नहीं मिला। दाग़ी बाहर पहरा देता रहा। विंडचीटर नहीं आया। बौने और बूढ़े दर्जी से भी विंडचीटर की भेंट नहीं हुई।

सभी को यह ख़बर मुँहजबानी मिल गई कि खिलौना नगर में कोई नया आदमी आया है। इस क़िस्म की ख़बर फैलते ही, यह भी स्वाभाविक था कि आगंतुक के साथ, उस नगर के बाशिंदे भेंट-मुलाक़ात करना चाहते, उससे बातचीत करना चाहते; दो-चार नयी बातें सुनते। लेकिन एक के बाद एक, लगातार तीन दिनों तक किसी को भी विंडचीटर का अता-पता नहीं मिला। सभी लोगों ने यही अनुमान लगाया कि विंडचीटर ये सब टूटे-फूटे सामान या फटा-बदहाल हैवासैक लेने नहीं आएगा। वह अपनी मर्जी से आया था, अपनी मर्ज़ी से ही चला गया। 8 और 9 ने इन सभी संभावनाओं पर ग़ौर से विचार किया था।

"जुबान से उसने भले क़बूल न किया हो, मगर था वह मालिक का ही आदमी। सारा मामला समझकर, वह वापस लौट गया।"

"ऐसा क्या समझ गया कि वह वापस लौट गया?"

"देखो, मैंने सारे मामले को यूँ देखा है। उसे मालिक ने ही भेजा था, क्योंकि खुद आने की, उसमें हिम्मत नहीं थी। वह यह ख़बर लेने आया था कि हमारा आंदोलन अभी तक जारी है या नहीं। यहाँ आकर उसने क्या देखा? उसने देखा, हमारा आंदोलन सिर्फ चल ही नहीं रहा था, बल्कि नये जोश के साथ और अधिक ज़ोरदार होनेवाला है। मत भूलो कि वह पूरी मीटिंग तक बैठा-बैठा, हमारी बातें सुनता रहा था। उसने सिर्फ हमारा भाषण ही नहीं सुना, मीटिंग के बाद, हमसे परिचय किया और हमारे हाव-भाव के बारे में भी बखूबी जानकारी ले गया। यहाँ तक कि उसने खुल्लमखुल्ला यहाँ तक पूछ डाला कि लोग हमारी बात सुनते क्यों नहीं। कुल मिलाकर, जब उसे यह अंदाज़ा हो गया कि हम अपनी लड़ाई से हरगिज़ पीछे नहीं हटेंगे, तब वापस लौट गया। मालिक को शायद यह उम्मीद थी कि हम सब शिथिल पड़ गए हैं।"

"देखो, तुम्हारी बातें बेतुकी हैं, यह मैं नहीं कहता, मगर ऐसा नहीं भी तो हो सकता है। मुमकिन है, वह शख्स कुछ भी न हो, बस, घुमंतू हो। सच ही, यह-वह शहर घूमता-फिरता हो।"

"देखो, देश का जो हाल है, उसमें यूँ घूमने-फिरने का मतलब है अपनी मुसीबत को खुद दावत देना। आदमी अगर निरा पागल न हो, तो ऐसा हरगिज मुमकिन नहीं है। लेकिन मुझे वह आदमी कहीं से भी पागल नहीं लगा।"

हथकट्टे के गिरोह में भी विंडचीटर के बारे में ही बातचीत छिड़ी हुई थी।

"उस्ताद, तुम्हारा क्या ख्याल है? वह आदमी क्या 8 और 9 को मदद देने आया था?"

"कुमार की जुबानी जितना कुछ सुना है, उससे तो ऐसा नहीं लगता। बल्कि उसने तो यह कहा था कि शकुन को मारकर हमने अच्छा किया। अगर हम उसे न मारते, तो ज़रूर कुछ अशुभ घट जाता। उसका माल-पत्तर देखकर भी मुझे कुछ बुरा नहीं लगा है। अगर वह गड़बड़ आदमी होता, तो पता चल जाता। मेरी समझ, इतनी ग़लत नहीं हो सकती।"

"लेकिन, वह आदमी चेहरे से ख़ासा रंगबाज़ लगता है। उसे दूर से ही देखा है—याऽऽ लंबा है!"

"ख़ैर, वह चाहे कोई भी हो, जब वह आदमी यहाँ से सटक गया है, तो उसके बारे में फालतू बातचीत करने से कोई फ़ायदा नहीं है।"

किसी ने ढक्कन की पेंच काटकर, कैफीड्रिल की शीशी हथकट्टे की तरफ बढ़ा दी। हथकट्टा और लोगों की तरह, उस दवा में पानी मिलाकर नहीं पीता था। उसने खालिस दवा, गले में उँड़ेल ली। उस ढोंक को उसने मौज से महसूस किया।

उसने दुबारा उस शीशी की घूँट भरी।

"8 और 9 ने उस आदमी को अपने दल में खींचने की कोशिश की थी, लेकिन कोई फायदा नहीं हुआ। वे लोग तो सफेदमुँहे को भी अपनी पार्टी में खींचने का चक्कर चला रहे हैं। वे लोग सोच रहे हैं कि इसी तरह अपना दल भारी करके, मुझको टक्कर देंगे।"

"वैसे मैंने देखा है कि बहुतेरे लोग, आसपास भले न हों, मगर कम से कम चोरी-छिपे उनके वक्तव्यों की तारीफ करते हैं। हाँ, जुबान से कबूल करने का साहस नहीं जुटा पाते।"

"ख़ैर, लोग साहस कर भी नहीं सकते। खिलौना नगर में, हथकट्टे के खिलाफ खड़े होने की हिम्मत, किसी में भी नहीं है। असल में 8 और 9 को ख़त्म करने के लिए, मुझे एक मौके की ज़रूरत है। जब तक ठीक-ठीक हवा नहीं बाँधी जाएगी, यह काम नहीं हो सकेगा।"

"हवा कैसे बाँधी जाए?"

"अरे, हवा क्या अपने आप बँधेगी? हवा बाँधनी होगी! ख़ैर, वक्त आने पर, मैं बताऊँगा।"

22 नवंबर को दोपहर के वक्त जब जिशा की माँ नदी से पानी लाने गई थी, तो उसने देखा, विंडचीटर रेत पर मुँह के बल पड़ा हुआ है। जूते पहने उसके दोनों पाँव नदी के पानी में डूबे हुए थे। उसके पड़े रहने की भंगिमा देखकर, जिशा की माँ को पक्का यकीन हो गया कि कोई ज़िंदा इंसान इस मुद्रा में पड़ा नहीं रह सकता। उसकी चीख सुनकर लोग-बाग वहाँ दौड़ते हुए आ पहुँचे। सफेदमुँहे ने उसे चित्त लिटाकर, उसके सीने पर कान रखकर आहट ली!

"नहीं, मरा नहीं है! छाती धुक्-धुक् कर रही है!"

उसके मुँह से झाग निकल रही थी। बाल और दाढ़ी में रेत-मिट्टी भरी हुई! समूचा बदन कीचड़ से सना हुआ! सबने उसे धर-पकड़कर उठाया और उसे ले जाकर गार्ड के कमरे में लाकर लिटा दिया। बौने और बूढ़े दर्जी ने उसे छूकर देखा। उसका बदन बुखार में तप रहा था। उसका बायाँ हाथ अस्वाभाविक तरीके से फूल गया था। आँखें अधमुँदी! वह कुछ बुदबुदा रहा था।

बूढ़ा दर्जी काफी देर तक उसकी नाड़ी टटोलता रहा।

"लगता है, बाँह में किसी जहरीले कीड़े वगैरह ने दंश मारा है!"

"लेकिन यहाँ ऐसा कौन-सा कीड़ा है, जो उसे दंश मारेगा?"

"हो सकता है, यह कहीं दूर गया हो।"

हथकट्टा एक दिन उसके लिए दूध पहुँचा गया। जिशा और बौना बारी-बारी से विंडचीटर के माथे पर जल-पट्टी चढ़ाते रहे। सर्दी बढ़ गई थी। बुखार भी तेज

हो उठा। शाम को कुमार, जिशा को लिवा ले गया। उसे घर पहुँचाकर, वह एस.टी.डी.-आई.एस.डी. बूथ के पास अपने डेरे पर लौटनेवाला था। रोशनी कम हो जाने के बाद, जिशा को बाहर रहने देना सुरक्षित नहीं था। रात को बौना और सफेदमुँहा, विंडचीटर के पास ही रुक गए। रात थोड़ी और गहराने के बाद, 8 और 9 भी आ पहुँचे।

"सुनो, उसकी इन शीशियों में जो दवाएँ हैं, अब क्या वे काम की नहीं रहीं?"

बौने ने जल-पट्टी बदलते हुए जवाब दिया, "उन दवाओं का नाम पढ़कर तो मेरे पल्ले कुछ नहीं पड़ा। रात अगर ख़ैर-ख़ैर से गुज़र जाए, तो कल सुबह दर्जी से कहूँगा कि वह देखकर बताए, अगर वह उन दवाओं के बारे में कुछ जानता हो।"

बर्फीली बाताश में शकुन इधर-उधर झूलता रहा। बार्बी गुड़िया भी अपने अधजले बाल समेत, अँधेरे को घूरती हुई खड़ी की खड़ी रही। प्लास्टिक की गुड़िया गमले के पानी में गोल-गोल घूमती-नाचती रही। जिशा नींद में ही गौंगियाती रही। जिशा की माँ ने उसे थपककर शांत कर दिया।

रात का आखिरी पहर शुरू होते ही विंडचीटर पर सन्निपात शुरू हो गया।

सौम्य शरीर

बूढ़े दर्जी के पास काफी पुरानी, असर की मीयाद काफी पहले ही ख़त्म हो चुकी, कुछेक गोलियाँ पड़ी थीं। आंत्रिक-बुखार की दवा। दो दिनों तक उसकी हालत पर ग़ौर करते हुए, उसका सीना ठकठकाकर जाँच करने के बाद, वही दवा उसे खिला दी गई। पिछली रात का भूल बकबकाना भी कम हो गया। उसकी नींद बार-बार टूट जाती थी। वह हाथ के दर्द से बेतरह कराह रहा था। सुबह उस बौने ने देखा वह पसीने से नहा उठा है। लेकिन कुछेक पलों में उसे होश आ गया। विंडचीटर बेहद शांत नज़र आ रहा था। उसने थोड़ा-सा ही दूध पिया, पूरा दूध वह गले से उतार नहीं पाया।

"मैं कहाँ हूँ?"

पहले तो उसकी बातें बौने के पल्ले ही नहीं पड़ीं, क्योंकि उसकी आवाज़ बेहद लटपटायी हुई थी। बाद में, वह समझ गया।

"मैं कहाँ हूँ?"

"खिलौना नगर में! गार्ड लोगों के कमरे में! अब कैसी तबीयत है?"

"मैं ठीक हूँ! मुझे क्या हुआ था?"

"बुखार!"

"मेरे हाथ में भयंकर दर्द है।"

"ठीक हो जाएगा। यह बताओ, तुम गए कहाँ थे?"

"बताता हूँ! पहले, ज़रा पानी..."

जिशा ने पानी पिलाया।

विंडचीटर हँस पड़ा।

इस बीच, 8 और 9 भी आ पहुँचे।

विंडचीटर ने अपना दाहिना हाथ उठाया।

"बुखार की बेहोशी में, मैं क्या कह रहा था?"

"ऊल-जलूल बातें! पानी, ज़हर, पत्थर, पहाड़, जंग—हज़ारहा बातें! जिनका कोई मतलब नहीं होता।"

"मतलब होता है। बहुत बड़ा मतलब होता है, गहरा मतलब! मुझे ज़रा उठाकर बैठाओ तो! हाँ, अब, सब याद आ गया!"

"अगर कहीं सिर घूम गया, तो?"

"नहीं घूमेगा! मेरा सिर नहीं चकराएगा। अब मैं ठीक हो गया हूँ।"

"तुम कहाँ चले गए थे?"

"कहीं चला नहीं गया था। मेरा माल-पत्तर, मेरा हैवासैक, सबकुछ तो यहीं था। मैं गया था, कचरे के पहाड़ के उस पार!"

"अरे! वह तो यहाँ से बहोत दूर है!"

"हाँ, बहोत दूर तो है। पहाड़ पार करते हुए, ठोकर खाकर गिर पड़ा। बायाँ हाथ कट-छिल गया।"

"इसका मतलब यह हुआ कि तुम्हारे शरीर में ज़हर घुस गया था।"

"अरे, ज़हर जैसा ज़हर? उफ, कैसा जानलेवा दर्द था! अभी भी हाथ भारी-भारी है। ख़ैर, जो हुआ, अच्छा हुआ! जो कुछ अशुभ था, मुझ पर ही बरसकर गुज़र गया। वैसे, मुझे अंदाज़ा हो गया था, कुछ-न-कुछ होगा ज़रूर! तुम लोगों की नदी का वह पानी भी मुझसे सहन नहीं हुआ।"

"वही ज़हर तो हम दोनों वक्त ढकोसते हैं।"

"मुझे बात करनी है! इसी बारे में बात करनी है। मुझे पानी का पता लगाना है! शुद्ध पानी का।"

"लेकिन कचरा-पहाड़ के पार से...उतनी दूर से पानी यहाँ तक लाया कैसे जाएगा?"

"उस पार जाने की ज़रूरत नहीं। पानी इसी पार मिलेगा। पानी की खोज करना मुझे आता है। पानी खुद कह देगा, वह कहाँ है?"

8 और 9 को कुछ भी समझ में नहीं आया।

"पानी क्या बोलता है?"

इसके जवाब में विंडचीटर की निगाहें बिल्कुल बदल गईं! आवाज़ में भी मानो सम्मोहन की कूक घुली-मिली थी।

"हाँ, पानी बोलता है। पानी अगर बातें न करता, तो पेड़-पौधे, जीव-जंतु, इंसान—इनमें से कोई ज़िंदा नहीं रहता। पानी तो इंसान के साथ असीम से संपर्क का एक माध्यम है। जब तुम पानी को स्पर्श करते हो, तब और भी कितना कुछ तुम लोगों को स्पर्श करता है, यह तुम लोग सोच भी नहीं सकते। तुम क्या यह समझते हो कि पानी मृत होता है, उसमें जान नहीं होती?"

"पानी में जान?"

"हाँ, पानी में जान होती है! पानी ज़हर मुक्त होना चाहता है। अपनी ही कोशिशों से वह ज़हर मुक्त होता है। पानी, तुम लोगों के इतना-इतना करीब मौजूद है, फिर भी तुम लोग उसकी आवाज़ नहीं सुन पाते। लेकिन मुझे उसकी आवाज़ साफ सुनाई देती है।"

"तुम्हारी बातों का तो कोई सिर-पैर नहीं है, भई!"

"कौन कहता है, सिर-पैर नहीं है? असल में, तुम लोगों के कान नहीं हैं...बोध-शक्ति भी नहीं है। अगर तुम्हारे कान होते, समझने की ताकत होती, तो तुम लोग भी सुन पाते, पानी का आंदोलन! पानी के स्लोगन! तुम लोगों के क़द से कितना बड़ा...कितना विराट कांड, वह घटा रहा है...घटानेवाला है! असल में, तुम लोगों को दोष देने से कोई फ़ायदा नहीं है। इंसान ये सारी बातें भूल गया है। इंसान ने ही पानी में ज़हर मिलाया है; पानी को चोट देकर, उसे घायल कर दिया है और पानी...? पानी हमेशा इंसान को हर पल माफ करता रहा है, तुम लोगों को ख़बर है? इस पीली शीशी से दो गोलियाँ निकालकर मुझे दो। यह ज़हर की दवा है! मुझे बेहद थकान लग रही है। ख़ैर, तुम सब शाम को आना। पानी कहाँ है, मैं तुम लोगों को बताऊँगा। इस वक्त मेरे पास किसी को रहने की ज़रूरत नहीं है। मैं अब ठीक हो गया हूँ।"

विंडचीटर की बातों को हुक्म मानकर, सब लोग जाने लगे। विंडचीटर ने उन्हें दुबारा आवाज़ दी!

"सुनो, आज कितनी तारीख है?"

8 और 9 को तारीख की जानकारी नहीं थी।

"25 नवंबर!"

बौने ने बताया।

"25? पाँच और दो सात! शुभ दिन है! 7 जादुई संख्या होती है। इसमें अपार रहस्य छिपे हैं! सप्तशरीर, सप्तपाताल, सप्तसागर!—सोचने लगो, तो पगला जाओगे।

चलो, ठीक है! अब, जाओ! तुम सबको ढेर-ढेर धन्यवाद! मेरे लिए आप लोगों ने काफी तकलीफें उठाई हैं और हाँ, एक बात और! यह बात याद रखना! मैं कचरा-पहाड़ के उस पार क्यों गया था, मालूम है?''

''क्यों?''

''क्योंकि पानी ने मुझे आवाज़ देकर बुलाया था। इस तरह कई-कई आवाज़ें मुझे पुकारती रहती हैं। जाओ।''

लौटते हुए, राह में लोग आपस में बातचीत करते रहे। 8 और 9 ख़ासी फ़ज़ीहत में पड़ गए। 8 और ज़्यादा उलझ गया।

''मेरे दिमाग़ में सारा कुछ कैसा तो गड्मड् होता जा रहा है! मुझे कोई थाह नहीं मिल रही है! अच्छा, उसकी बातें क्या वाकई सच हैं?''

बौने ने सिर हिलाया।

''पता नहीं! हम सबकी आखिर समझ भी कितनी-सी है! लेकिन एक बात मैं ज़रूर मानता हूँ। उसके सामने 'ना' कहने की मेरी हिम्मत नहीं पड़ी। बुखार से उठने के बाद, वह बिल्कुल और ही इंसान बन चुका है। उसका हाव-भाव ही बिल्कुल बदल गया है।''

''यह खटका मुझे लगा है। अब ऐसा लग रहा है कि वह आदमी ऐसी बहुत-सी बातें जानता है, जो हमारी समझ से बाहर हैं।''

9 की निगाह नदी के पानी पर गड़ गई।

''वह आदमी अगर सच ही हमें विशुद्ध पानी का पता दे, तो मैं उसकी बात मान लूँगा।''

''मैं भी! यह भी तो मुमकिन है कि हमारा कारख़ाना खुलेगा या नहीं, इस बारे में भी वह हमें बता सके।''

''हाँ, बता तो सकता है। लेकिन इस वजह से हमें अपना आंदोलन शिथिल नहीं करना है। शिथिल करने से नहीं चलेगा।''

उन लोगों के चले जाने के बाद, विंडचीटर कुछ देर आँखें बंद किए पड़ा रहा। उसने बेहद तकलीफ से अपना बायाँ हाथ उठाकर, मोड़ा, सीधा किया; फिर मोड़ा, फिर सीधा किया। उसने कई एक बिस्कुट मुँह में डाले और पानी पिया। उसके बाद उसने जंग लगी दो बैटरी उठाकर, टूटे ट्रांजिस्टर रेडियो में लगा दीं। अपनी ज़ेब से सिगरेट निकालकर उसने सुलगा ली। पहले तो उसे खूब-खूब खाँसी आई, उसके बाद वह थिर हो आया। वह बेहद कमज़ोर हो गया था। हाथ में जलती हुई सिगरेट लिए-दिए वह सो गया। नींद में उसकी उँगलियों में दबी सिगरेट छूटकर ज़मीन पर गिर पड़ी

और कुछ दूर तक लुढ़कर ठहर गई। उसके बाद, धधक-धधककर पूरी की पूरी राख हो गई।

बौने ने कुमार को हिदायत दी कि वह हथकट्टे, सफेदमुँहे और बाकी भी जितने लोगों को खबर कर सके, कर दे कि शाम को विंडचीटर के यहाँ जमा होना है।

पानी के ज़हर से समूचे बदन पर जो नीले-नीले निशान उभर आते थे, वे सब पाँव से शुरू होकर हाथ और अंत में चेहरे पर फैल जाते थे यानी घाव पाँव से शुरू होता था। जिनको यह रोग होता था, वे लोग असहनीय दर्द से चल नहीं पाते थे। वे लोग पाँवों में फटे लत्ते की मोटी पट्टी बाँधकर चलते थे, वर्ना क़दम तक नहीं उठाया ज़ाता था। सर्दी में यह तकलीफ कुछ कम हो जाती थी, मगर गर्मी में तो बर्दाश्त-बाहर होती थी। जो लोग कम उम्र होते थे, जिन लोगों में जूझने-झेलने की ताकत होती थी, उन्हें यह रोग, ज़रा देर से लाचार करता था। वैसे यह रोग सभी को एक जैसा लाचार करता हो, ऐसा भी नहीं था। जिशा इस रोग की शिकार थी, मगर कुमार अभी तक इससे बचा हुआ था। जिशा की माँ भी इस रोग की चपेट में आ चुकी थी। उन तीनों बूढ़ी औरतों को तो इस रोग ने जाने कब से दबोच रखा था।

शाम को सबसे पहले हथकट्टा आ पहुँचा। उस वक्त विंडचीटर सो रहा था। उसकी बगल में ट्रांजिस्टर! हथकट्टा अकेला ही आया था। उसके बाद ही 8 और 9 आ पहुँचे। हथकट्टे को देखकर, उन्हें मन-ही-मन खीज़ हो आई। वे दोनों आपस में ही बातचीत में व्यस्त हो गए।

"अभी तक और कोई तो आया नहीं।"

"आते होंगे। उसे आराम की भी तो ज़रूरत है।"

हालाँकि वे लोग बेहद धीमी आवाज में बातें कर रहे थे, मगर विंडचीटर की नींद टूट गई। विंडचीटर हँसा। कुछेक घंटों में ही वह ख़ासा चंगा हो उठा था।

"हाथ का दर्द कम हुआ?"

"काफी कम है! बस, अभी भी फूला हुआ है। लेकिन दर्द काफी कम हो गया है।"

हथकट्टे ने कहा, "दर्द कम करने के लिए तुम कैफीड्रिल ट्राई कर सकते हो। हम लोग तो ख़ैर, नशे के लिए लेते हैं।"

8 बोल उठा।

"ख़बरदार! कैफीड्रिल मत लिया करो! वह भी ज़हर है।"

विंडचीटर ने हँसकर, दोनों पक्षों को खामोश कर दिया।

"दर्द खुद-ब-खुद कम हो रहा है। अब किसी दवा की ज़रूरत नहीं। अच्छा,

कोई बाहर जाकर चंद पत्थर तो उठा लाए।''

''मैं जाता हूँ।'' हथकट्टे ने कहा।

''तुम्हें तो एक ही हाथ से उठाना पड़ेगा। कोई और चला जाए।''

''एक ही हाथ से जो करतब दिखा सकता हूँ, बहुतेरे दो हाथवाले भी हार मान लेंगे।''

''वह क्या मैं नहीं जानता? शकुन को तुमने जो मार मारी थी! मैंने सब सुना है।''

''एक बात पूछूँ?''

''पूछो।''

''तुम इस टूटे ट्रांजिस्टर का क्या करते हो?''

''करता कुछ नहीं। इस रेडियो ने मुझे बहुत दिनों तक, बहुत सारी खबरें सुनाई हैं। अब मैं उसे खबरें सुनाता हूँ।''

''भई, यह तो ख़ामख्याली की बात हो गई।''

''नहीं, ख़ामख्याली नहीं। मैं बना-बनाकर कोई बात नहीं करता।''

9 कुछेक पत्थर उठा लाया। उसके बाद, एक-एक करके, कुमार, बौना, सफेदमुँहा, बूढ़ा दर्जी—सभी लोग आ पहुँचे। विंडचीटर ने नायलॉन के टुकड़ा भर धागे से एक छोटा पत्थर बाँध दिया। कई एक पत्थर सजाकर भी रख दिए।

''मैंने तुम लोगों को क्यों बुलाया है, यह तुम लोगों को ज़रूर पता होगा। मैंने सुबह ही बता दिया था। जो लोग सुबह यहाँ मौजूद नहीं थे, उन लोगों को भी अब तक ज़रूर पता चल गया होगा। लेकिन तुम सबको मुझसे एक बात के लिए वादा करना होगा।''

''कौन-सी बात?''

''पानी कहाँ है, यह तो मैं तुम लोगों को बता दूँगा, बल्कि यूँ कहो कि पानी खुद ही बोल देगा। लेकिन इसके लिए हाथोंहाथ जो मेहनत करनी होगी, वह तुम सबको मिलकर करनी होगी। कंधे से कंधा मिलाकर; हाथ में हाथ देकर! कर सकोगे न तुम लोग?''

''हाँ, हम करेंगे।''

''याद रखना, यह काम ऐसा है, जो कोई अकेले, सिर्फ अपने लिए नहीं कर रहा है, सबके लिए कर रहा है! इसमें किसी तरह की दलबाज़ी नहीं चलेगी।''

सभी लोग खामोश रहे।

''तो फिर, ठीक है! मैं यह मानकर चलता हूँ कि तुम लोग मेरी बात मानोगे। अब देखो, इसे गौर से देखो, ये तीनों पत्थर क्या हैं, बताओ तो? नहीं बता सकते न? अच्छा, फर्ज़ करो यह नदी की राह है यानी उस तरफ नदी बह रही है, तो क्या

इस तरफ ये तीन बड़े-बड़े पत्थर नहीं हैं?''

''हाँ, इस पार भी हैं, उस पार भी।''

''नहीं, उस पार जो पत्थर हैं, वे सब काफी दूर-दूर पर हैं। गिनती के पाँच अदद पत्थर! लेकिन मैं इस पार की बात कर रहा हूँ। अब तो मैं यह सोचता हूँ कि कितना बुद्धू था मैं! इन तीनों पत्थरों से नहीं पूछा, उस कचरा पहाड़ के पार मरने जा पहुँचा! भला क्यों?''

''क्यों?''

''असल में, कोई अशुभ शक्ति मुझे वहाँ तक खींच ले गई थी। अशुभ शक्ति यह चाहती थी कि मुझे अच्छे विशुद्ध पानी का पता न मिले। मुझे यह बुखार, हाथ में ज़हर चढ़ना—यह सब उसी की साजिश है। खैर, कुछ भी हो, हम उसे काटकर आगे बढ़ने में कामयाब हो गए हैं! अच्छा, तुम सब अपने-अपने में कल्पना करो तो कि एक जगह, बेहद साफ-सुथरा, ठंडा-शीतल, शांत जल मौजूद है। पानी इतना शांत, इतना खामोश है कि उसमें कोई लहर तक नहीं उठ रही है। स्वच्छ-विमल मीठा पानी? बिल्कुल मन से सोचो! और कोई बात मत सोचो। तब मेरा काम आसान हो जाएगा।''

विंडचीटर ने धागे में बँधा हुआ पत्थर झुला दिया और उसे स्थिर हाथों से थामे रखा। पहले वह पत्थर, जरा इधर-उधर लहराया, थिर हुआ उसके बाद पहले धीरे-धीरे, बाद में काफी ज़ोर-ज़ोर से लहराने लगा। झूलता हुआ पत्थर विंडचीटर का हाथ परे हटा ले गया। उसके बाद वही पत्थर, तीनों पत्थर के ऊपर आकर गोल-गोल घूमता हुआ, थिर हो गया। विंडचीटर ने काफी धीरे-धीरे लोलक को नीचे कर लिया।

''आप लोगों ने देखा होगा कि ये तीनों पत्थर, एक जगह मिल गए थे, लेकिन असल में मिले नहीं थे। वहाँ एक चपटा पत्थर मौजूद है। तीनों पत्थरों में ये चपटा पत्थर इस तरह मिला हुआ है कि इसे अलग से नहीं पहचाना जा सकता। पानी वहीं मौजूद है। यह चपटा पत्थर तोड़-फोड़ दिया जाए, तो पानी ऊपर उठ आएगा।''

''लेकिन, इतना बड़ा पत्थर तोड़ सकते हैं?''

''यह पत्थर ज़्यादा बड़ा नहीं है। इसे तोड़ा क्यों नहीं जा सकता? लेकिन यह काम मुश्किल ज़रूर है, क्योंकि यह जगह बेहद संकरी है। इस पर फावड़ा नहीं चलाया जा सकता। तुम लोगों के पास कुदाल है?''

सब एक-दूसरे का मुँह ताकने लगे।

कुमार ने कहा, ''कुदाल है! स्टील का बड़ा-बड़ा रॉड भी है।''

''मेरा ख्याल है, इनसे ही काम हो जाएगा। एक बार मुझे दिखाकर, ले जा सकते हो। आज तो अँधेरा हो चुका है। कल सुबह से काम शुरू कर देना होगा।''

कुमार, सफेदमुँहे को लेकर, वे सब सामान लाने चल दिया।

"देखिए, मैं फिर दुहरा दूँ, यह काम अकेले का नहीं है। इसमें सबको हाथ लगाना होगा।"

हथकट्टे ने कहा, "लेकिन...चट्टान तोड़ने के बाद भी अगर पानी न मिला, तो?"

"अगर न मिला, तो उसी कुदाल से मेरा सिर फोड़ देना। और कुछ कहना है?"

"छिः छिः मैंने क्या यह कहा?"

"तुमने नहीं कहा, मैंने कहा है! लेकिन एक और बात भी जान लो, मुझे यह नहीं लगता कि पानी ज़्यादा ऊँचे उठेगा। यही कोई, डेढ़ हाथ ऊपर तक उठेगा। बर्तन डुबाकर, वहीं से पानी निकालना होगा और हर वक्त इस तरफ भी नज़र रखनी होगी कि किसी शर्त पर भी नदी का पानी इसमें न आ मिले। बरसात में पानी क्या बहुत बढ़ जाता है?"

"नहीं, कोई ख़ास नहीं! अगर कभी बढ़ता भी है, तो उस बड़ी चट्टान से ऊपर हरगिज़ नहीं बढ़ता।"

"तब तो, चलो, अच्छा ही हुआ। अच्छा, अब तुम लोग जाओ। कल से हमारा काम शुरू हो जाएगा। कल सब लोग चले आना। मैं कल उजाला फूटते ही वहाँ पहुँच जाऊँगा।"

कुमार और सफेदमुँहा कुदाल और रॉड ले आए।

"कुदाल जरा और लंबा होता, तो बेहतर होता। इससे थोड़ी तकलीफ होगी। वैसे, काम चल जाएगा।"

अगले दिन अगर बौना आकर आवाज़ न देता, तो विंडचीटर की नींद और देर से खुलती।

"उन लोगों ने काम शुरू कर दिया है। मैंने सोचा तुम्हें न बुलाया, तो शायद ठीक न हो।"

"आवाज़ देकर अच्छा ही किया वर्ना मुझे उठने में कितनी देर हो जाती, कौन जाने!"

"अब क्या तबीयत काफी कुछ चंगी लग रही है!"

"हाँ ऽ, कह सकते हो, अब मैं पूरी तरह चंगा हो गया हूँ! अब तो हाथ की फूली हुई जगह भी बेहतर है! काफी कम है! अरे, हाँ, अच्छा हुआ, इस वक्त यहाँ कोई नहीं है। मैंने सोचा था, यह बात तुमसे कल ही पूछ लूँगा। खिलौना नगर का एकाध नक्शा कहाँ मिल सकता है, बता सकते हो?"

"खिलौना नगर का एक रफ नक्शा तो मेरे पास है। वह काफी कुछ नक्शे

जैसा ही है। लेकिन उस नक्शे में, जहाँ मैं रहता हूँ, वहाँ के घर-मकान नहीं दिखाए गए हैं। वे सब मकान बाद में बने।''

''अरे, उसी से खूब मज़े में चल जाएगा। तुम मुझे वह नक्शा दे जाना। लेकिन, किसी को पता न चले।''

''मामला क्या है? तुम उस नक्शे में क्या देखोगे?''

''मुझे यह देखना है कि उस मालिक के सोने के बिस्कुट, सचमुच कहाँ, किस जगह हो सकते हैं। इन सब कामों के लिए, अगर सही-सही नक्शा मिल जाए, तो काफी सहूलियत होती है।''

''खैर, अगर पानी मिल गया, तो मैं तुम्हारी हर बात मान लूँगा।''

''चलो, देखते हैं, क्या होता है! पानी न मिला, तो हथकट्टा क्या, तुम भी मुझे नहीं छोड़नेवाले, इसका मुझे बखूबी अंदाज़ा हो गया है।''

तीनों पत्थरों के बीच में एक दरार जरूर थी, लेकिन वह ज़रा यूँ तिरछी थी कि वहाँ तक कुदाल पहुँचने के बावजूद, वहाँ ठीक तरह कुदाल मारना मुश्किल हो रहा था। ऐसी सर्दी के मौसम में भी कुमार पसीने से नहा उठा। अब तक वही कुदाल चलाने की कोशिश कर रहा था। विंडचीटर ने उसके हाथों से कुदाल ले लिया। वह कुदाल को दरार तक ले गया; फिर उसने ज़रा ऊपर उठाया; फिर नीचे तक ले गया। ठग् से एक आवाज़ आई। लेकिन वह आवाज़ भरपूर ज़ोर की नहीं थी।

''समझ गया। मैंने तो पहले ही कहा था, जगह बेहद कम है। लेकिन वह इतनी संकरी है, यह अंदाज़ा नहीं था।''

''अब क्या होगा?''

''होना क्या है? एक उपाय है। बड़ी-सी...खूब बड़ी-सी, लोहे की कोई हथौड़ी है?''

कुमार ने सिर हिला दिया।

''समझ गया। लेकिन इतनी बड़ी हथौड़ी नहीं है।''

''तो फिर ऐसा करो, किसी भारी-वजनी लोहे या चट्टान का बड़ा-सा टुकड़ा दे मारो। एक जन सिर्फ कुदाल थामे रहे।''

हथकट्टा एक ही हाथ से कुदाल कसकर थामे रहा। 8 ने चट्टान का एक टुकड़ा उठा लिया और दे मारा। बहुत दिनों बाद...कहना चाहिए, अर्से बाद, पहली बार दोनों में बातचीत हुई।

''देखो, अगर कहीं हाथ खिसक गया, तो मेरा हाथ सलामत रहना नामुमकिन है। मेरे हाथ का नामोनिशान नहीं बचेगा।''

''घबराओ नहीं, हाथ से हरगिज नहीं खिसकेगा।''

8 प्रचंड जोर-जोर से कुदाल चलाता रहा और अगली चोट के बाद हथकट्टा

फावड़ा, ज़रा घुमा देता। उससे निकली हुई आवाज़ भी धारदार हो आई। चूँकि पत्थरों में दरार पड़ चुकी थी, या थोड़ी-सी जगह महीन चूरा बन गई थी, इसलिए कुदाल के लिए थोड़ी-सी जगह बनाना, लाचारी बन गई। थोड़ी ही देर में वे दोनों ही बेतरह हाँफ उठे।

हथकट्टे ने हाथ झटकार दिया।

"हाथ में एक कपड़ा लपेट लें, तो बेहतर हो।"

अब रूमाली और 9 ने उन दोनों की जगह ले ली। 9 ने कुदाल थामा, रूमाली उस पर मारती रही। कुछेक पल इसी तरह चलता रहा। दोनों जैसे ही हाँफ उठे, हाथ बदल दिए गए। इसी तरह दो घंटे गुज़र गए।

"रुको तो! हाँ, अब मारो! मैं इसकी आवाज़ सुनूँगा।"

ठंग!

"वह कुदाल निकालो।"

कुदाल की धार सूखी हुई और गर्म थी।

"अच्छा, अब स्टील को रॉड घुसाओ तो! घुस गया? हाँ, अब मारो! ज़ोर से! हाँ, और ज़ोर से।"

रॉड कुछ ज़्यादा ही दब गया। विंडचीटर चीख उठा–

"हाँ, चिटख रही है! अब यह पत्थर टूट जाएगा।"

रॉड कुछ और दबाया गया।

"हाँ, अब निकाल लो!"

रॉड की नोंक भीगी हुई थी।

"पानी चढ़ रहा है! अब ज़्यादा नहीं! हल्के-से मारो! हाँ! ज़रा और ज़ोर से! थोड़ा और! निकाल लो अब!"

सभी लोग उस चिटखी हुई दरार पर झुक पड़े! हाँ, वाकई धीरे-धीरे पानी चढ़ रहा था! पानी का रंग काला नज़र आया।

"पहले दौर का पानी फेंक दो। धूल छँट जाने दो।"

लोगों ने टिन का डिब्बा भरकर पानी निकालकर देखा। डिब्बा हाथोंहाथ घूमता रहा। चूँकि वह पानी तीनों तरफ से पत्थर से घिरा हुआ था, इसलिए उसका रंग काला नज़र आ रहा था, लेकिन टिन में बिल्कुल शफ्फाक़! विंडचीटर ने उसमें से एकाध घूँट पानी पिया।

"मुझे तो ठीकठाक ही लग रहा है। अब तुम लोग जाँच-परख करो। पानी थोड़ा और ऊपर उठेगा। लेकिन तुम लोगों की इच्छा मुताबिक नहीं! अपनी इच्छा मुताबिक!"

सभी लोगों ने वह पानी चखा; अपने चेहरे और सिर पर डाला; एक-दूसरे के

बदन पर छिड़का। विंडचीटर ज़रा फ़ासले पर जाकर खड़ा हो गया और उसने एक सिगरेट सुलगा ली। उसकी निगाह लोगों पर गड़ी रही। उनमें से कोई-कोई पेट के बल लेट गया और हाथ झुलाकर पानी को पकड़ने की कोशिश करने लगा। कुमार, विंडचीटर की तरफ बढ़ आया।

"सच्ची, तुम जादू जानते हो। मैं तुमसे एक सिगरेट ले सकता हूँ? अगर तुम्हें एतराज न हो, तो...!"

विंडचीटर ने सिगरेट का पैकेट और लाइटर आगे बढ़ा दिया।

उसने धीमी आवाज़ में सवाल किया, "तुम जिशा को लेकर कहीं दूर चले जाना चाहते थे न?"

"हाँ, मैं तो हर वक्त इसी ख्याल में डूबा रहता हूँ!"

"तुम दोनों को मैं ले चलूँगा, यह मेरा वादा रहा। लेकिन, यह बात किसी को बताना मत।"

"नहीं, मैं किसी को नहीं बताऊँगा, जिशा को भी नहीं।"

"तुम्हें एक काम करना होगा।"

"कहो।"

"खिलौना कारखाने के पीछे लोहा-लक्कड़ का जंक यार्ड है?"

"हाँ, है न!"

"मैंने देखा है, वहाँ काफी कुछ पड़ा हुआ है। मेरे पास साइकिल के दो पहिए हैं। बाकी हिस्से क्या वहाँ से मिल सकते हैं?"

"तुम्हारा मतलब है, ऐसी साइकिल, जो चल सके?"

"हाँ, ऐसी साइकिल, जो चल सके। मेरा मतलब है, अगर मिल जाए, तो बेहतर है। तुमसे यह काम करने को मैं हरगिज नहीं कहता, लेकिन खिलौना नगर में मुझे कहीं, कोई साइकिल नज़र नहीं आई।"

"तुमने खोजा?"

"खोजा तो नहीं, मगर देखा ज़रूर।"

"मैं तुम्हें एक साइकिल दिला सकता हूँ! साइकिल है!"

"कहाँ?"

"है न! हथकट्टे के घर के पीछे, एक खाली शेड में।"

"तो फिर मैंने वह जगह नहीं देखी। सुनो, इस बारे में किसी को पता भी न चले।"

"नहीं, किसी को पता नहीं चलेगा। लेकिन तुम क्या यहाँ से चले जाओगे? फिर मेरे और जिशा के जाने का क्या होगा?"

"वही तो मुझे ठीक-ठाक करना होगा। मुझे एक बार जाना ही होगा।"

"तुम क्या फिर लौट आओगे?"

"नहीं? मैं तुम्हें ख़बर भेजूँगा।"

"कैसे?"

"फोन के जरिए।"

"फोन के जरिए?"

"हाँ, जिस वक्त मैं कहूँगा, ठीक उसी वक्त तुम्हारे घर यानी इस ख़ारिज एस.टी.डी.-आई.एस.डी. बूथ का बेजान फोन बज उठेगा। इससे पहले ऐसी कई-कई घटनाएँ घटेंगी। लेकिन, तुम लोग उसमें दिमाग मत भिड़ाना। चाहे कुछ भी क्यों न हो जाए। विंडचीटर जो कहता है, उसका उलट नहीं होता है। देखो, कोई सवाल मत करना।"

"वह साइकिल मैं रखूँगा कहाँ?"

"वह मैं बाद में बता दूँगा। वे लोग आ रहे हैं। तुम ज़रा चुप करो। कोई और बात करो।"

"यह पानी पीने से क्या ये नीले-नीले दाग नहीं होंगे?"

"ना। यह पानी इस नदी का ही है। मगर इसे इतने सारे पत्थरों और रेत से गुज़रकर आना होता है कि उसमें ज़हर नहीं होता।"

तब तक और भी कई लोग आ गए और उन्हें घेरकर बैठ गए।

"यह पानी दरअसल पवित्र शक्ति है। इसकी सच्चाई और माया, ईश्वरी है। जल का कभी अनादर न करना। हमेशा श्रद्धा करना। जो मनचाहा आकार ले सकता है उसमें अलौकिक क्षमता होती है। इस बारे में ज़रा सोच देखना। इसका ध्यान किया जाए, तो और बेहतर है! तब देखना, पानी तुम लोगों के साथ कितनी-कितनी बातें करता है!"

सभी लोग ख़ामोश!

"तुम लोग जैसा असहाय इंसान मैंने कहीं नहीं देखा। अकेला पानी ही क्यों, और भी कितना कुछ, तुम लोगों के इंतजार में है, तुम लोगों को इसकी ख़बर ही नहीं। सारे आनंद, प्राचुर्य, सुख--सभी कुछ की चाबी-काठी तुम्हीं लोगों के पास है, लेकिन तुम्हीं लोग ही नहीं हो! तुम लोग कहीं गायब हो!"

"मैं समझा नहीं!"

"मेरा मतलब है, जिस ढंग से तुम लोग रहते हो, उसे जीना नहीं कहते। इस तरह जीने का कोई मतलब ही नहीं होता। इस तरह रहते-रहते किसी दिन तुम सब भी भूखे-बेहाल प्रेत बन जाओगे। तुम लोग भी दूसरों का अमंगल करने की कोशिश करोगे। शकुन की तरह अशुभ पाखी को आमंत्रण देते फिरोगे। ऐसा कोई अदृश्य प्राणी नहीं है, जो तुम लोगों की रक्षा करेगा! उफ! कितने निरुपाय हो तुम लोग!

अगर कोई प्राणी होता, तो यहाँ शकुन नहीं आ पाता। किसी हाल भी यहाँ दाखिल नहीं हो पाता। अच्छा, तुम लोगों में से किसी ने भी, कभी कोई जीव-जंतु या पंछी का लालन-पालन किया है?''

सभी खामोश रहे।

बूढ़े दर्जी ने कहा, ''खिलौना नगर में तो नहीं, इससे पहले, मैं जहाँ रहता था, मेरे पास एक बिल्ली थी। यहाँ आते समय मैं उसे फेंक आया था।''

''तुम्हें वह बिल्ली याद है?''

''हाँ, याद है।''

''नहीं, ऐसी याद को याद करना नहीं कहते। उसका रंग-रूप, उसकी चाल-ढाल, अपने पंजे चाटने की भंगिमा, खाने के लिए हाँक-डाक, अँधेरे में उसका स्वच्छंद क्रियाकलाप, उसकी धधकती हुई आँखें, झगड़ते समय उसकी फूलती हुई पूँछ, बाँक लेता हुआ उसका शरीर, लोगों के पाँवों पर सिर रगड़-रगड़कर प्यार करने की उसकी कोशिश, प्यार पाकर, हौले-हौले उसके अंग-प्रत्यंग में मची, राहत और आराम की धनक–यह सारा कुछ याद कर सकते हो? क्या इस ढंग से उसे याद कर सकते हो, जैसे वह अभी भी तुम्हारे करीब ही है? बिल्कुल करीब! तुम चाहो, तो उसे छू सकते हो। इस तरह तुम उसे अपने पास महसूस कर सकते हो?''

''ना!''

''नहीं, तुम महसूस कर सकते हो! ज़रा-सी कोशिश करो, तुम याद कर सकोगे। कल मैं तुम्हारे यहाँ आऊँगा। उस बिल्ली की एक तस्वीर आँक दूँगा। तुम उस तस्वीर पर ध्यान केंद्रित करके, जैसा मैंने कहा, बिल्कुल उसी तरह याद करने की कोशिश करना। बाद में जब उसके समूचे रंग-रूप, चाल-ढाल, क्रिया-कलाप समेत, उसका ध्यान करना आसान हो जाएगा; जब वह तुम्हारी अपनी, नितांत अपनी बन जाएगी, तब तुम देखोगे, वह तुम्हारा कहना मानने लगी है, तुम्हारे कहे में रहने लगी है। वह सैकड़ों आफत-विपद में तुम्हारी रक्षा करेगी। वह तुम्हारे लिए इतना कुछ करेगी, जिसकी तुम कल्पना भी नहीं कर सकते।''

''वाह! अगर तुम नहीं आते, तो ये सब बातें हम जान भी नहीं पाते।''

''मज़ेदार बात तो यही है। इंसान थर्मोन्यूक्लिअर आत्महत्या की राह पर काफी आगे बढ़ गया है। इस मामले में उसकी दक्षता, अपनी सीमा तोड़कर आगे बढ़ चुकी है, लेकिन ये मामूली-मामूली बातें उसे याद नहीं रहीं। वैसे इंसान अगर इन्हें याद रख पाता, तो उसकी यह दुर्दशा हरगिज नहीं होती।''

विंडचीटर उठ खड़ा हुआ। सर्दी की बर्फीली हवा के झोंके, उसके उलझे-उलझे घुंघराले बालों को अस्त-व्यस्त कर गए।

''आज ढेर सारे काम निपट गए। कुदाल की मार से, मेरा सिर भी बच गया।

बाकी बातें, अब कल होंगी। मैं चला।''

उसी रात को 8 ने 9 से कहा :

''यह विंडचीटर ठीक बता सकता है कि हमारा कारखाना खुलेगा या नहीं।''

''हाँ, यह बताना तो उसके लिए दाल-भात जैसा आसान है। मेरा तो ख्याल है, अगर वह चाहे, तो यह कारखाना, वह खुद भी खोल सकता है। उसमें इतनी ताकत और क्षमता है।''

''तो फिर हमारे आंदोलन का कार्यक्रम फिलहाल क्या हो?''

''और क्या होगा? आंदोलन जैसे चल रहा है, उसी तरह चलता रहेगा। कल हम बाकी पोस्टर चिपकाएंगे।''

उसी रात बौना, विंडचीटर को खिलौना नगर का वह प्रारंभिक नक्शा सौंप आया।

आकाश शरीर

''बिल्ली की तस्वीर ठीक-ठीक बनी है? मेरा मतलब है, तुम्हारी बिल्ली जैसी थी, हूबहू वैसी तस्वीर तो नहीं बन पाएगी। असली बात यह है कि तुम अपने ध्यान में, इस तस्वीर के इर्द-गिर्द वृत्त तैयार करोगे, उसी दायरे में तुम्हारी वह बिल्ली, जिसे तुम फेंक आए थे, घूमती-फिरती रहे, तो काम बन जाएगा। समझे?''

''हाँ, काफी कुछ तो बन ही जाएगा। अच्छा, ये सब कमाल की बातें, तुम्हें पता कैसे चलीं?''

''ये बातें छोड़ो, मैंने सोचा था, मैं बहुत पहले ही चला जाऊँगा। लेकिन अगर कहा जाए, तो दो दिनों तक तो मैं कमरे से ही नहीं निकला।''

बूढ़ा दर्जी अपने बिस्तर के नीचे कुछ खोजता रहा। वह चीज़ उसे नहीं मिली। उसने जंग लगा एक बक्सा खोला। पुराने कपड़े-लत्तों को टटोलते हुए, उसकी खोज जारी रही।

''क्या खोज रहे हो?''

''तुम्हें एक चीज़ देनी थी।''

''कौन-सी चीज़?''

''रुको, पहले खोज तो लूँ।''

वह चीज़ बक्से में नहीं थी। अब वह उलटकर खाट तले घुस गया। उसने हैंडल-टूटी, धूल-धूसरित बकसिया खींच निकाली। बकसिया के अंदर जंग लगी चंद कैंचियाँ, सिलाई मशीन की बॉबिन, दर्जी के फीते—वह चीज़, इन सब सामानों के

नीचे कपड़े में लिपटी हुई थी।

"यह एक रिवॉल्वर है। बहोत अच्छी है! मेरे हाथ लग गई थी। लेकिन, मेरे किसी काम की नहीं है। चंद गोलियाँ भी हैं।"

"रिवॉल्वर लेकर मैं क्या करूँगा?"

"क्यों? तुम ठहरे घुमन्तू जीव! फ़रार, लापता इंसान की तरह घूमते-भटकते रहते हो। अगर कहीं डाकू-वाकू के हाथ पड़ जाओ..."

"डाकुओं को मेरे पास क्या मिलेगा?"

"भले कुछ न मिले। लेकिन यह तुम अपने पास रखो।"

"नहीं, मुझे हथियार रखने की मनाही है। रखना तो क्या छूना भी हराम है। तुम्हें समझा पाना, मेरे बूते की बात नहीं है। ख़ैर, जैसा मैंने कहा, वैसा ही किया, तो तुम्हारा ही नहीं, सबका भला होगा।"

विंडचीटर सड़क पर निकल आया। अचानक, कहीं दूर, धमाके की आवाज़ गूँज उठी या वह आवाज़ सर्दी के आँधी-तूफान लेकर आई थी? सड़क पर विंडचीटर के पाँव जहाँ के तहाँ जम गए। कई और लोग भी सड़क पर निकल आए। उन लोगों ने भी वह धमाका सुना।

"धमाके की आवाज़ किस तरफ से आई?"

विंडचीटर ने उत्तर दिशा पर नज़र डाली। उसने कोई जवाब नहीं दिया। उसने एक सिगरेट सुलगा ली। वह चल पड़ा। उसके बाद दो और धमाके सुनाई पड़े। इस बार की आवाज़ ज़रा और ज़ोरदार थी। वे आवाज़ें कचरा-पहाड़ की तरफ चली गईं। पानी भर कर जो औरतें सड़क पर चलती हुईं वापस लौट रही थीं, उनमें जिशा भी थी। यह बात उस नगर का बच्चा-बच्चा तक जान चुका था कि यही आदमी पानी खोजकर लाया है। उससे बातें करें, इतना साहस सबमें नहीं था। इसलिए लोग-बाग गार्ड के घर के दरवाजे के सामने उसके लिए टिन बंद खाने, बिस्कुट या पाउडर दूध के डिब्बे रख गए थे। सामानों के साथ एक पैकेट सिगरेट भी था। लेकिन वह सिगरेट पीने लायक नहीं थी; नष्ट हो चुकी थी।

नंबर 8 यूनियन कमरे में मार्क्स और लेनिन की तस्वीरों पर चढ़ी धूल झाड़ रहा था और नंबर 9, फर्श पर तीन साल पुराना अखबार छितराकर पढ़ रहा था। अचानक दरवाजे का उजाला ढँकते ही, दोनों ने पलटकर दरवाजे की तरफ देखा। लगभग समूचा दरवाजा ढँके, वहाँ विंडचीटर खड़ा था।

"तुम लोगों को धमाके सुनाई नहीं दिए?"

"कैसे धमाके?"

"विस्फोट के धमाके। एक नहीं, पहले एक और बाद में दो-दो धमाके!"

"कहाँ? हमने तो नहीं सुना।"

नंबर 9 ने पीला पड़ा अखबार तहाकर रख दिया।

"मैं तुम लोगों से एक ज़रूरी बात करने आया था। गुप्त बातचीत!"

नंबर 9 और 8 उत्तेजना से सिहर उठे।

"तुम बैठो! हम एक बार चारों तरफ झाँक लें, कोई आड़ में छिपकर सुन तो नहीं लेगा। कुछ कहा तो नहीं जा सकता।"

"ठीक है, जाओ, देख आओ।"

नंबर 8 बायीं तरफ और नंबर 9 दाहिनी तरफ चले गए। वे समूची गली में नजरें दौड़ा आए। ना, कहीं कोई नहीं था। वे दोनों लौट आए।

"कोई नहीं है। लेकिन फिर भी होशियार रहना होगा। हमें फुसफुसाहट में बातें करनी चाहिए।"

"तुम दोनों क्या समझ गए हो कि मैं कौन हूँ?"

"तुममें अनगिनत खूबियाँ हैं। तुम बहुत कुछ कर सकते हो। हमारे दोस्त हो।"

"अभी भी, तुम दोनों पूरी तरह मुझे नहीं समझ सके। वैसे इसमें तुम लोगों का कोई कसूर नहीं। मैंने ही तुम दोनों को समझने नहीं दिया।"

"मतलब? तुम कॉमरेड हो?"

"चुप! चुप! जो भी समझना हो, समझ लो। अब बताओ, तुम लोग कारखाना खोलना चाहते हो? अब मैं ढँकी-छिपी बातें नहीं कर सकता। बहुत हुआ!"

"अलूबत, खोलना चाहते हैं।"

"अभी चाहते हैं! इसी वक्त!"

"चुप! इस तरह तैश में आओगे, तो हमारा सारा प्लान ही चौपट हो जाएगा।"

नंबर 8, नंबर 9 पर भड़क गया।

"इसका तो ज़रा-ज़रा-सी बात पर दिमाग़ गरम हो जाता है! कितना समझाया है..."

"ठीक है, अब ऐसी ग़लती नहीं करूँगा।"

"याद रहे यह बात!"

"ख़ैर, छोड़ो! अब दोनों ध्यान से सुनो। कारखाना खोलने के लिए, हमें मालिक की ज़रूरत नहीं है। मूल धन तो हमारे पास ही है।"

"लेकिन, यह तो ढेर-ढेर रुपयों का मामला है। मालिक वर्ग के अलावा इतना धन भला किसके पास होगा?"

"सुनो, तुम्हारा वह मालिक, जिसका अब कोई अता-पता भी नहीं है, उसकी ढेर सारी जायदाद, इस खिलौना नगर में छिपी हुई है। रुपये भी नहीं सोना! खालिस

सोना! सोने को रुपये बना लेनें में भला कितनी देर लगती है? हमें अब इसी की ज़रूरत है।''

''यह बात, और कोई भी जानता है?''

''ना, कोई भी नहीं! सिर्फ तुम दो लोग!''

नंबर 8 और 9 के माथे पर पसीने की बूँदें चमक उठीं। नंबर 9 के होंठ बेतरह थरथरा उठे।

''अब, हमें काफी तैयारियों के साथ, काफी होशियारी से आगे बढ़ना होगा। मैं जो-जो कहूँगा, अक्षर-अक्षर मानना होगा। हमें यह याद रखना है कि हमारी विजय निश्चित है।''

''हाँ, हमारी विजय निश्चित है। बताओ, हमें क्या करना होगा? हम अपनी पूरी जान लड़ा देंगे।''

''आज है 29 तारीख! कल नवंबर, हमारा प्रिय, ऐतिहासिक नवंबर का महीना ख़त्म हो जाएगा।''

अचानक फिर धमाका गूँज उठा।

''अब सुनाई दिया? धमाके की आवाज़ें उत्तर की तरफ से आ रही हैं।''

''तुम्हें कैसे पता चला?''

''उत्तरी हवा जो बह रही है। ये आवाज़ें, उसी हवा के साथ आ रही हैं। चलो, गोली मारो। कल नवंबर ख़त्म हो जाएगा। मुझे और-और काम हैं। परसों यानी 1 दिसंबर को मुझे पक्की ख़बर मिल जाएगी कि सोना कहाँ मौजूद है। गड़ा हुआ सोना निकालने के लिए, मुझे तुम दोनों की ज़रूरत पड़ेगी।''

''तब, अभी हम क्या करें?''

''पहले नंबर की बात यह है कि मुझसे संपर्क करने की बिल्कुल कोशिश मत करना। जब ज़रूरत होगी, मैं ही संपर्क करूँगा। नंबर दो, तुम लोग अभी, इसी वक्त चल दोगे। पानी खोज निकालने के बाद, खिलौना नगर में दलबाज़ी ज़रा कम हो गई है। इस मौके का फायदा उठाओ और चुपचाप पता लगाओ कि हमारी इस योजना के बारे में किसी को भी बूँद भर भी, कोई आभास तो नहीं है। नंबर तीन, किसी को कानोंकान ख़बर हुए बिना, मिट्टी की खुदाई की जा सके, ऐसे चंद खुरपी और कुदाल और अगर यह सब न मिले, तो छड़ या बड़ा छुरा इकट्ठे कर डालो। खबरदार, कुमार से माँगने मत जाना। किसी को भी कानोंकान पता न चले कि हम क्या करने जा रहे हैं। जो बताना होगा, हम पूरी तरह तैयार होने के बाद ही बताएँगे।

नंबर 8 मारे आवेग और खुशी के रो पड़ा।

''कॉमरेड! कॉमरेड!''

''देख रहा हूँ, तुम भी कम भावुक नहीं हो। अभी कुछ देर पहले ही 9 को

डाँटा था न तुमने? अब नंबर चार आखिरी और चरम हिदायत क्या हो सकती है, बता सकते हो?"

नंबर 8 और 9 निरुत्तर!

"फर्ज़ करो, कहीं कुछ उलट-पलट जाए; कहीं कुछ गड़बड़ हो जाए, हमारा यह अर्से से, दाँत पर दाँत जमाए, छेड़ी गई लड़ाई, अगर नाकाम रहे; अगर हम हार जाएँ, हमारे सपनों का महल अगर टुकड़े-टुकड़े होकर बिखर जाए, तो हम वीरों की तरह ही अपनी जान न्यौछावर कर देंगे, लेकिन दुश्मन या मालिक के दलालों के आगे सिर नहीं झुकाएँगे।"

तीनों लोगों ने, तीनों के हाथ पर अपना हाथ रख दिया।

"अब, एक बार फिर, बाहर अच्छी तरह झाँक आओ। मैं चलूँगा।"

वे दोनों बाहर झाँक आए। कहीं, कोई नहीं था।

"अच्छा, तो विदा, कॉमरेड!"

विंडचीटर बाहर निकल गया। नंबर 8 और 9 ने एक-दूसरे को गले लगा लिया। दो अदद भरोसेमंद सैनिकों के इन आनंदघन पलों को मार्क्स और लेनिन खामोश आँखों से देखते रहे।

खिलौना नगर के अहाते में बौना धूप सेंक रहा था। विस्फोट के धमाके सुनकर, बहुत-से लोग बौने के इर्द-गिर्द जमा थे। उन लोगों की नज़र विंडचीटर पर पड़ी। वह टिन के एक खाली डिब्बे को ठोकर मार-मारकर लुढ़काता हुआ, इधर ही चला आ रहा था। हाथ में सिगरेट।

बौने ने पूछा, "आवाज़ सुनकर सबके सब डर गए हो न?"

"डर तो मैं भी गया हूँ। लेकिन इससे क्या फ़ायदा? बाद में ख़्याल आया, आवाज़ें काफी दूर से आई हैं। हवा वे आवाजें यहाँ तक ले आई है। कहीं आस-पास कुछ घटा है, ऐसा नहीं लगता।"

"सुन लिया न? डरने की कोई बात नहीं। यह मैं नहीं कह रहा हूँ..."

भीड़ हल्की हो आई।

बौने ने ईषत् मद्धिम आवाज़ में पूछा–

"नक्शा काम आया?"

"हाँ, आया! काम पूरा हो जाए, तब बताऊँगा।"

पानी लाने जाते हुए हथकट्टे से नबंर 8 की भेंट हो गई। झिझक छोड़कर, दोनों ने बातचीत की पहल की।

"बहुत बड़ा...विराट् काम हुआ, भइया!"

"तुम पानी खोज निकालने की बात कर रहे हो?"

"सिर्फ यही नहीं, आगे तो कहा, यह पानी डेढ़ हाथ से ज़्यादा ऊपर नहीं

आएगा!"

कहीं, दूर, धमाके की आवाज फिर गूँज उठी। ईषत् हल्की, मगर एक के बाद एक...लगातार आवाज़ें!

"लगता है, जैसे मशीनगन की आवाज है।"

"मुझे भी यह लग रहा है।"

"किससे, किसकी जंग छिड़ी है, वह समझने का भी उपाय नहीं है।"

"लेकिन, देखो, अगर कहीं जंग हो रही होती, तो जवाबी धमाका भी तो होता। ठीक-ठीक समझ में नहीं आ रहा है।"

"मेरे भी पल्ले नहीं पड़ा।"

एस.टी.डी.-आई.एस.डी. बूथ का दरवाजा खोलते ही, जिशा ताज्जुब में पड़ गई। उसने कुमार को कभी, किसी दिन फोन से छेड़छाड़ करते हुए नहीं देखा। कुमार वह फोन कान से लगाकर, कुछ सुन रहा था? जिशा ने इशारे-इशारे में ही सवाल किया। कुमार हँस पड़ा!

"बस, ऐसे ही! सोचा, अगर कोई आवाज़ सुनाई दे।"

जिशा फर्श पर बैठ गई। कुमार ने आधी अधजली सिगरेट निकाल ली।

"धत्तेरे कि! आग नहीं है! सुलगाऊँ कैसे?"

उसने वह अधजली सिगरेट दुबारा अपनी जेब के हवाले कर दी। कहीं दूर, किसी हवाई जहाज की आवाज़ धीरे-धीरे करीब आने लगी, लेकिन बिल्कुल ऊपर से नहीं, खिलौना नगर की बगल से कतराकर गुज़र गई।

जिशा ने अपने दाहिने हाथ के अँगूठे और कानी उँगली फैलाकर, हवाई जहाज के पंख जैसा आकार दिया। फर्श से चिपकी, बाकी तीनों उँगलियाँ, मानो हवाई जहाज की बॉडी हो। हवाई जहाज कुमार के चेहरे तक आकर, उसे ज़रा छूकर, दुबारा दूर उड़ गया। दुबारा वापस लौट आया! दुबारा उड़ गया। कुमार किसी सोच में डूबा हुआ था। उसका ध्यान किसी गहरी सोच में उलझा हुआ था। हवाई जहाज, एक बार फिर जिशा का हाथ बन गया। हथेली पर चमकती, गहरी भाग्यरेखा, आयु-रेखा और अन्यान्य रेखाओं के बीच नीले-नीले धब्बे!

अगले दिन विस्फोट की कोई आवाज़ सुनाई नहीं दी। सुबह कुमार एक चक्कर लगा गया था। कहीं कोई आहट नहीं थी। शाम को कुमार फिर आया। उस वक्त भी कमरे का दरवाजा बंद था। लेकिन ऐसा लगा, जैसे कमरे के अंदर विंडचीटर किसी से बातें कर रहा हो।

कुमार ने दरवाजे पर दस्तक दी।

"कौन?"

"मैं हूँ, कुमार!"

"रुको, खोलता हूँ।"

दरवाजा खोलने में थोड़ा वक्त लगा। पैंट का बटन लगाते-लगाते विंडचीटर ने दरवाजा खोला। शायद वह सो रहा था।

"मैं एक बार और आया था।"

"कब?"

"सुबह!"

"आज नींद खुल ही नहीं रही थी! सिगरेट पियोगे?"

सिगरेट सुलगाते हुए, कुमार की नज़र टूटे ट्रांजिस्टर और जंग लगी बैटरी पर पड़ी।

"अभी-अभी एक मजेदार सपना देख रहा था। मैंने देखा, यहाँ से पहले, मैं जिस शहर में था, वहीं वापस लौट गया हूँ।"

"सपना देखते-देखते बातें भी कर रहे थे?"

"अच्छा?"

"सुनो, तुम्हारी साइकिल रेडी है।"

"कहाँ?"

"बताता हूँ! छिपा दिया है!"

"किसी ने देखा तो नहीं?"

"ना, किसी ने भी नहीं।"

"हाँ, बताओ—"

"सुनो, उत्तर की तरफ जो सीधी सड़क चली गई है न, उस पर कुछ दूर तक आगे बढ़कर...काफी दूर तक आगे बढ़ने के बाद...बायीं तरफ एक टूटी दीवार मिलेगी।"

"आते वक्त दाहिनी तरफ पड़ती है वह दीवार उस दीवार में आड़ी-तिरछी छड़ों की एक खिड़की है।"

"हाँ, ठीक! ठीक! उसी दीवार के पार, साइकिल खड़ी है।"

"साइकिल चलेगी तो सही?"

"हाँ, चलेगी! मैंने ट्रायल लेकर देखा है! लेकिन इसकी चैन कमजोर है! ऊबड़-खाबड़ सड़क पर, बार-बार उतर जाएगी और हाँ, इसका एक पैडल भी नहीं है। ब्रेक भी नदारद है! घंटी भी नहीं है।"

"अच्छा, सुनो, अब तुम मुझसे मिलने की कोशिश न करना! दिन-काल ठीक नहीं है। मेरा मन कहता है, कोई बहुत बड़ी मुसीबत आनेवाली है।"

"फिर, हम लोगों का क्या होगा? मेरा? जिशा का? हमारे जाने का क्या बनेगा? उस फोन की भी मैंने जाँच की। बिल्कुल डेड है। कितने दिनों से डेड है,

कोई नहीं जानता। वह बजेगा कैसे?''

''मैंने तो तुमसे कहा था। दिन और समय मैं बताऊँगा। बाकी किसी बारे में, कुछ भी सोचने की तुम्हें ज़रूरत नहीं है।''

''मैंने जिशु को भी कुछ नहीं बताया है।''

''हाँ, मत बताना। इस दौरान कोई देख न पाए, इस ढंग से, ज़रूरी-ज़रूरी सामान पैक कर रखना।''

''तुमसे मिलूँगा नहीं, तो मुझे यह कैसे पता चलेगा कि फोन किस दिन, किस वक्त बजेगा?''

''मैं अभी भी बताए देता हूँ। तीन तारीख! थर्ड दिसंबर! शाम पौने पाँच बजे से सवा पाँच बजे के बीच! तुम जिशा के साथ रेडी रहना और यह तो मैं तुमसे पहले ही कह चुका हूँ, इससे पहले ही काफी कुछ घटनेवाला है। लेकिन, तुम उनमें दिमाग़ मत भिड़ाना! मैं तुम दोनों को ज़रूर निकाल ले जाऊँगा। मेरी कोई बात, कभी, झूठी नहीं पड़ती।''

''अच्छा, तो अब मैं चलूँ?''

''जाओ! सुनो, सिगरेट का यह पैकेट और लाइटर तुम ले जाओ। मैंने तुम्हें गिफ़्ट दिया।''

''लेकिन, तुम?''

''मुझे अब सिगरेट पीने की ज़रूरत नहीं पड़ेगी बहुत सिगरेट पी चुका हूँ।

कुमार के जाने के बाद, विंडचीटर ने दरवाजा अंदर से दुबारा बंद कर लिया। कमरे की फर्श पर बैठकर, उसने जंग लगी बैटरी, टूटे हुए ट्रांजिस्टर में लगाई।

1 दिसंबर को खिलौना नगर वालों की नींद टूटी थी, खूब नीचे-नीचे जेट फाइटर उड़ने की छाती कँपा देनेवाला शोर सुनकर! जो लोग पिछली रात कैफीड्रिल पीकर नशे में टुन्न हो गए थे, उस वक्त उनकी भी नींद टूट गई। पिछली रात तीनों बूढ़ियों के सामने, गमले में तैरायी हुई गुड़िया, जब बहते-बहते किनारे से जा टकरायी, तो उन लोगों ने यह मतलब निकाला कि ऐसी कोई अस्वाभाविक घटना नहीं घटनेवाली है। जेट फाइटर गुज़र जाने के बाद, बहुत देर तक कहीं कोई आवाज़ नहीं आई।

बौने ने नींद से जागकर, उढ़काया हुआ दरवाजा खोल दिया और बाहर निकलकर, उसने पेशाब किया। उसके बाद, कमरे में लौटकर डिब्बा खोलकर, दो बिस्कुट निकालते हुए, उसकी नज़र डिब्बे पर रखे हुए, खिलौना नगर के रफ नक्शे पर पड़ी। नक्शा डिब्बे पर ही रखा हुआ था। उसने वह नक्शा छिपा दिया।

नंबर 8 और 9 ने देखा, पोस्टर लगाने का गोंद खत्म हो चुका है! उन दोनों ने फैसला किया कि वे अहाते में पड़े हुए कंकड़-पत्थरों तले ही पोस्टर दबाकर छोड़ देंगे।

''प्लेन जैसा शोर मचाते हुए गुज़र गया। मैं तो वबड़ा ही गया था।''

''हाँ, मैंने देखा, दीवार पर टँगी तस्वीरें तक हिलने लगीं। मैं तो चक्कर में पड़ गया, यह क्या अजब कांड है। कहीं भूकंप तो नहीं आ गया?''

''फिर जंग छिड़ेगी? तुझे क्या लगता है?''

''इसमें लगने की क्या बात है? जंग छिड़ ही जाए! जंग का मतलब ही है–मुनाफा!''

''ख़ैर, अब चाहे जो हो, कारखाना तो खुलकर ही रहेगा! हमारे सामने अभी ढेरों काम पड़े हैं।''

वे दोनों यूनियन के कमरे से निकलकर, गली में चलने लगे। हाथ में पोस्टर! विंडचीटर कब दबे पाँव आया और उनके पीछे-पीछे चलता रहा, उन्हें आहट ही नहीं मिली। दोनों ही उसे देखकर अचकचा गए।

''सुनो, वक्त बर्बाद मत करो। जो कह रहा हूँ सुन रखो। कल है, दो तारीख! रात 12 बजते ही, बार्बी गुड़िया के नीचे आ जाना। ठीक बार्बी गुड़िया के नीचे! खुदाई का सामान जमा कर लिया?''

''हाँ!''

''बहुत अच्छे! ज़रूरत पड़ी तो, उन्हें कपड़े में लपेट लेना। आवाज़ जितनी कम हो, उतनी ही गनीमत है। फर्ज करो, अगर कहीं, कोई आ पड़ा, तो क्या करोगे?''

''क्या करूँगा?''

''जान से ख़त्म कर देना। यूँ क़त्ल-हत्या में हम विश्वास नहीं करते, मगर कारखाना खोलने की राह में, अगर कोई रुकावट बना, तो हम वह बर्दाश्त नहीं करेंगे।''

''हाँ, नहीं करेंगे।''

''मैं चला और सुनो, चाहे जो भी घटे, घबराना मत! हमारी विजय निश्चित है! याद रखना, कल रात...''

तीनों लोगों ने अपना दाहिना हाथ उठाकर, मुट्ठी करा ली।

उस दिन दोपहर के बाद, बिल्कुल अचानक ठंड कम हो गई और आकाश में बादल नज़र आने लगे। माहौल में घुटन भर गई। रात को कई बार बादल भी गड़गड़ा उठे। हल्की-हल्की झींसी शुरू हो गई। उस बूँदाबाँदी में बार्बी गुड़िया के अधजले बाल और मरे हुए, सूखे शकुन के कठुवाये पंख एकदम से भीग गए।

अगली सुबह विंडचीटर के कमरे के दरवाजे पर धक्का मारने का शोर मचा हुआ था। उसमें बारिश का शोर भी शामिल था। विंडचीटर ने निंदियायी आँखों से दरवाजा खोला। बाहर अनगिनत लोग खड़े हुए थे। उस भीड़ में चीन्हे-अचीन्हे, बहुतेरे लोग थे। सबके सब भीगे हुए थे। विंडचीटर ने सिर्फ शर्ट पहन रखी थी।

हथकट्टा चीख उठा–

“सर्वनाश हो गया।”

“क्या? कैसा सर्वनाश?”

“पानी में किसी ने ज़हर मिला दिया है।”

“मतलब?”

“पहाड़ से कचरा लाकर, उस पानी में डाल दिया है। ढेर सारा कचरा! बहुत-सा कचरा तो किनारे पर भी पड़ा हुआ है।”

“तुम लोगों ने अपनी आँखों से देखा?”

“हम वहीं से आ रहे हैं।”

“रुको, मैं अपना विंडचीटर पहन लूँ। बारिश हो रही है।”

विंडचीटर उन लोगों के साथ चल पड़ा। वह आगे-आगे चलता रहा। नहीं, वह चल नहीं रहा था, लगभग ठोकर खाते-खाते दौड़ रहा था। एक बार तो रपटकर गिर भी पड़ा। सफेदमुँहे ने उसका हाथ पकड़कर उठाया। उसने झटका देकर, अपना हाथ छुड़ा लिया और बेतहाशा दौड़ पड़ा। बाकी लोग भी दौड़ रहे थे। बौने और बूढ़े दर्जी से दौड़ा नहीं जा रहा था। उन लोगों ने भी तेज़-तेज़ क़दम बढ़ाने की कोशिश की।

तीनों पत्थरों के बीच की फांक में पानी के दर्शन दुर्लभ थे। जले हुए रबड़ और गलाए हुए धातु को मिलाकर, नीले रंग के राख-राख लोंदो के पिंड जैसे जहरीले कचरे से, तीनों पत्थरों के बीच की उस संकरी दरार को लगभग भर दिया गया था। ज़हर, पत्थरों के ऊपर भी बिखरा हुआ था।

विंडचीटर पेट के बल लेट गया और उसने उस फांक में अपना हाथ घुसेड़ दिया। एक लोंदा निकालकर, उसने उछाल दिया। उसने दूसरी बार कचरे का लोंदा निकाला। ऊपर तक बिखरे हुए विष घुले पानी की, बूँद-बूँद ढुलककर, दरार में घुली जा रही थी।

“एक छड़ ले आओ! जल्दी, लंबी छड़!”

दो लोग छड़ लेने चले गए।

“इतने लोगों की मेहनत! मेरी तमाम कोशिश! सारी बातें! सारा कुछ तबाह कर दिया! मैं भी देख लूँगा! मेरा नाम विंडचीटर है। ठीक खोज निकालूँगा।”

“लेकिन यह करतूत किसकी हो सकती है?”

“तुम कर सकते हो, वह कर सकता है, यह कर सकता है। वह कौन है, फिलहाल मुझे नहीं मालूम! लेकिन मैं मालूम करके रहूँगा। ज़रूर पता कर लूँगा। जिसके मन में इतना ज़हर भरा है, वह ज़रूर पकड़ा जाएगा। ज़हर की आग में खुद झुलसकर, वह खुद अपनी गिरफ़्तारी देगा।”

धमाके की आवाज़ गूँज उठी। ख़ासी ज़बर्दस्त आवाज़। सभी को समझ में आ गया, यह बादलों की गर्जना नहीं है। इस बीच दो लोग छड़ लिए-दिए दौड़ते हुए आ पहुँचे। वह बेतरह भीग गया था।

''छड़ से खोदकर देखो! छड़ अगर दरार के भीतर घुस जाए, तो अब कुछ भी करने को नहीं बचा।''

''अब क्या होगा?''

''पता नहीं, क्या होगा! हाथ डाल-डालकर सारा ज़हर निकालना होगा। अब यह पानी, नदी के ज़हरीले पानी से भी ज्यादा ज़हरीला हो गया है। इसका ज़हर कटने में काफी वक्त लगेगा।''

''उसके बाद?''

''अब मैं कुछ नहीं जानता! जानने का अब मेरा मन भी नहीं है। अब कोई दुबारा आकर, दुबारा ज़हर नहीं मिला देगा, कोई कह सकता है? यह देखो, हाथ से कचरा उठाया, सो हाथ बेतरह जल रहा है।''

विंडचीटर ने बारिश के पानी में अपना हाथ धोने की कोशिश की।

''अब हम लोग क्या करें?''

''जो करने से काम बन सकता है, वह तुम लोग कर सकते हो? जाओ, जाकर खबर लगाओ, पिछली रात कौन जगा हुआ था? अपने घर से बाहर कौन निकला था? कौन इस बारिश में कचरा-पहाड़ तक गया और अपनी पीठ पर ज़हर लादकर ले आया? अगर पता लगा सकते हो, तो पता लगाओ। अगर अपराधी को पकड़ सको, तो पकड़ लो और उसके साथ जो सलूक करना चाहो, करो! मुझे बताने की ज़रूरत नहीं है। मैं चला!''

विंडचीटर उस भरी बरसात में ही उठकर चल दिया। सफेदमुँहा, हथकट्टा, नंबर 8 और 9, बौना, बूढ़ा दर्जी तथा बाकी लोग। सभी ने अपनी-अपनी तरफ देखा! उनकी निगाहें बदलने लगीं। फिर धमाका गूँज उठा। सबकी निगाहें उत्तर दिशा में गड़ गईं। बारिश बढ़ती गई। बादलों की दहाड़ और विस्फोट के धमाकों की आवाज़ आपस में गड्डमड्ड हो गई। पत्थरों के बीच की दरार में भी बारिश का पानी जमा हो गया। विष घुला पानी, नीचे के विषाक्त पानी के साथ घुल-मिलकर एकाकार हो गए। बरसात और तेज़ हो गई।

शाम होते-होते बौना ही एक बार फिर विंडचीटर के घर गया। बरसात उस वक्त भी जारी थी। बौने के हाथ में एक छतरी थी। घर का चिराग गुल था।

''कौन?''

''मैं! नक्शा मिल गया है मुझे! तुम्हारा काम हो गया?''

''कौन-सा काम?''

"सोना खोजने का काम।"

"पानी की उस गड़बड़ी के बाद, सच पूछो, तो मेरे दिमाग़ में कुछ भी नहीं है। मेरी तो बुद्धि ही काम नहीं कर रही है।"

"मेरा यह कहना है कि सोने के बिस्कुट की खोज करने से कोई फ़ायदा नहीं है। उसमें हिस्सा बँटाकर भला मैं क्या करूँगा? सोना अगर मिल जाए, तो तुम सारा का सारा ही ले सकते हो!"

"तुम्हें क्या लगता है, मुझे सोने की बेहद ज़रूरत है?"

"मेरे कहने का मतलब यह नहीं था। तुम अभी भी कितनी-कितनी जगह घूमोगे। कितना कुछ देखोगे-सुनोगे। इसलिए यह सोना शायद तुम्हारे काम आए।"

"इससे पहले भी मैं सैकड़ों जगह घूम चुका हूँ। काफी कुछ देखा भी है। इसके लिए मुझे सोने की ज़रूरत नहीं पड़ी। ऐसा करो, तुम अभी जाओ। मुझे नींद आ रही है।"

बौने के जाते ही, विंडचीटर ने अँधेरे में ही अपना हैवासैक ठीक-ठाक किया। उसने अपनी ज़ेब में दबा की एक शीशी भी रख ली। बारिश अब कुछ-कुछ कम होने लगी थी।

यूनियन कमरे के दरवाजे के सामने बैठे-बैठे, नंबर 9 ने बिजली की कौंध में, अपनी घड़ी पर नज़र डाली। बारह बजने में पाँच मिनट बाकी थे। नंबर 8, लेनिन की तस्वीर के नीचे सिर टिकाए खामोश बैठा था। 9 ने उसके कंधे पर हाथ रखा।

"कॉमरेड चलने का वक्त हो गया।"

"चलो।"

नंबर 9 ने कपड़े में लपेटे हुए, मिट्टी की खुदाई के औजार उठा लिए। एक खुरपी! एक अदद लोहे की पत्तर। छोटा कुदाल उन्हें नहीं मिला। दोनों खाली पैर थे। पैंट कुछ ऊपर तक मोड़े हुए। कमीज के बटन खुले हुए! पेट पर गाँठ बँधी हुई।

अंधकार में ही घुला-मिला विंडचीटर भी वहीं खड़ा था। पहले, उस पर उन दोनों की नज़र नहीं पड़ी। विंडचीटर के आगे बढ़ते ही, उन दोनों ने उसे देखा।

"तुम्हारी सुविधा के लिए, पहले मैं तुम दोनों को वह जगह तो दिखा दूँ। ज़रा मुझे एक हथियार तो पकड़ाना। मैं निशान लगा दूँ।"

"लो! तुम्हें क्या लगता है? पानी में ज़हर किसने मिलाया होगा?"

"तुम लोगों को जिस बंदे पर शक हो रहा है, मुझे भी उसी पर शक है। लेकिन, कुल एक हाथ से भला वह कर सकता है?"

"ज़बर्दस्त ज़ोर है, उसके हाथ में। हम जानते हैं।"

"अच्छा, सुनो, यह जगह...धीरे-धीरे खोदना! हाँ, आवाज़ कम हो।"

ठंड के मारे 8 और 9 के दाँत किटकिटा उठे।

"लो, यह टैबलेट, दोनों जन अपने-अपने मुँह में रख लो। ठंड कम लगेगी। चलो, मैं भी एक सिगरेट सुलगा लेता हूँ। मुझे भी ठंड लग रही है। लो, तुम लोग शुरू करो। तब तक मैं चारों तरफ एक नज़र डाल आऊँ।"

8 और 9 ने काम शुरू कर दिया। बारिश ज़रा तेज़ हो उठी। वह अहाता पक्की सीमेंट से निर्मित होने के बावजूद, वहाँ स्लैव बिछाकर उसे पक्का किया गया था। स्लैव काफी बड़े-बड़े आकार के थे।

"इस दरार को ज़रा और गहरा कर सको, तो ज़ोर लगाकर वहाँ से स्लैव उखाड़ा जा सकता है!"

"लेकिन, ज़ोर लगाया, तो स्लैव टूट भी सकता है।"

"टूट जाने दो! नीचे मिट्टी ही तो है!"

उन दोनों ने खोद-खोदकर, दो स्लैवों के बीच की दरार को कुछ और चौड़ा कर डाला।

उन दोनों ने ज़ोर लगाया। स्लैव का कुछ हिस्सा टूट-फूट गया। उस टुकड़े को निकालकर, दूर फेंक दिया गया। दुबारा ज़ोर लगाया गया। इस बार, बड़ा-सा टुकड़ा टूट गया। पत्थर तले मिट्टी! बरसात और तेज़ हो उठी। दोनों बेतहाशा भीग गए।

"मुझे तो लक्षण ठीक नहीं लग रहे हैं। विंडचीटर अब तक आया क्यों नहीं, बताओ तो?"

"उसने कहा तो था, चारों तरफ एक नज़र डालकर, वह आ रहा है।"

"तुम्हें नींद तो नहीं आ रही?"

"ना! तुम्हें?"

"मुझे भी नींद नहीं आ रही है।"

स्लैव का अध-टूटा टुकड़ा उठकर हाथ में आ गया। उसकी एक तरफ मिट्टी के बजाय खोवा-कंकड़ की गंथनी भी मौजूद थी। काम कुछ और बढ़ गया।

"कहीं तुम्हारा सर तो नहीं चकरा रहा है?"

"नहीं तो! और तुम्हारा?"

"मेरा भी नहीं।"

विंडचीटर आ पहुँचा। उसने अपनी जेब से धागे में बँधा हुआ एक पत्थर निकाला और उनकी आँखों के आगे झुला दिया। कुछेक पल बाद, उसे दुबारा उसने अपनी ज़ेब में रख लिया।

"ठीक है! यहीं कहीं मौजूद है। बस, दो-एक हाथ खोदने भर से मिल जाएगा।

बक्सा लोहे का हो सकता है। होशियार! ज़्यादा आवाज़ न हो।"

"उस बक्से का हम क्या करेंगे?"

"हमारे कमरे में ले जाना। किसी चीज़ से ढँक देना।"

"तुम्हारे कमरे में?"

"नहीं, नहीं तुम लोगों के कमरे में! अब हाथ मत रोको। खोदते रहो! रुको, थोड़ी-बहुत मिट्टी मैं हटा दूँ।"

"कहीं, कोई है तो नहीं।"

"कहीं, कोई नहीं है। इसके अलावा, मैं निगरानी रखे हुए हूँ न!"

वे दोनों खुदाई करते रहे और बगल में मिट्टी का ढेर लगाते गए। अचानक कहीं टन्न से कोई आवाज़ हुई। एक पत्थर था। उन दोनों ने पत्थर उठाकर एक किनारे रख दिया। खुदाई करीब हाथ भर गहरी हो गई।

"ज़रा एकाध मिनट सुस्ता लूँ।"

"मैं भी!"

"कहीं, तुम्हें नींद तो नहीं आ रही है?"

"नहीं! और तुम्हें?"

"मुझे भी नहीं!"

बारिश तेज़ हो गई। गड्ढा ख़ासा चौड़ा हो गया। लेकिन अभी थोड़ी-सी खुदाई बाकी थी। उसके बाद, दोनों को मिलकर, बक्सा लादकर ले भी जाना होगा। बक्सा कितना भारी होगा। इसी बक्से के सहारे ही तो कारखाना खुलेगा।

विंडचीटर ने आकर देखा, दोनों ही सो गए थे। लोहे का पत्तर और खुरपी, उनके हाथों से छूट गए थे। विंडचीटर ने अपनी जेब से कोई चमचमाते धातु की गोल-सी मुद्रा निकाली और उस गड्ढे में फेंक दी। वह पैदल-पैदल आगे बढ़ता गया। उसके घर के सामने ही उसका हैवासैक रखा हुआ था। उसने हैवासैक उठा लिया।

अगले दिन, काफी देर से, ढलती दोपहर के वक्त नंबर 8 और 9 की जब नींद टूटी, उसके पहले ही, उन दोनों ने, आधी नींद, आधे सपने की बेसुधी में, एक साथ कई-कई लोगों की बातचीत की आवाज़ें सुनीं, जिसे सुनकर, उनका यह अंदाज़ा लगाना स्वाभाविक ही था कि कारखाना खुलनेवाला है और लोग-बाग उसी बारे में कह-सुन रहे थे। नींद टूटते ही, उन दोनों ने अपने को बेहद अवश महसूस किया। उनके हाथ-पाँव बँधे हुए थे। जब वे दोनों सो रहे थे, उनकी शर्ट-पैंट वगैरह उतार लिए गए थे। वह हथकट्टा, बरकन्दाज़, घेघा, दागी वगैरह तो ख़ैर वहाँ मौजूद ही थे, इसके अलावा और भी लोगों की भीड़ लगी हुई थी।

सबके हाथों में कोई न कोई हथियार! छुरी, रॉड, फावड़ा, यहाँ तक कि पिछली रात, उनके हाथों में जो हथियार थे, वह खुरपी और लोहे के पत्तर भी, अब उन

लोगों के हाथों में नज़र आ रहे थे।

"क्यों, रे, सूअर के बच्चे, अब कौन विंडचीटर बाप तुझे बचाएगा? हब्बा! हब्बा! हब्बा!"

8 और 9 को कुछ भी समझ नहीं आया। हथकट्टे और बाकी सभी लोगों के मुँह से कैफीड्रिल की गंध आ रही थी।

"सारा सोना समेटकर विंडचीटर तो नौ दो ग्यारह हो गया, तुम दोनों के लिए यह छोड़ गया है।"

हथकट्टे ने एक चमकता हुआ सिक्का दिखाया।

"इस सिक्के के साथ, हम सब तुम दोनों को ज़िंदा दफ़ना देंगे। हब्बा! हब्बा!"

"हम कुछ नहीं जानते। विंडचीटर को बुलाओ! हम तो कारखाना खोलने के लिए, सोना खोज रहे थे।"

"मज़ाक करने की और कोई जगह नहीं मिली? कारखाना दिखा रहा है? सोना खोदकर, तुम दोनों ने ही विंडचीटर को थमा दिया।"

"विंडचीटर को बुलाओ न एक बार! उसे सब पता है।"

"हब्बा! हब्बा! हब्बा!"

कुमार ने आँखें मूँद लीं।

हाथ-बँधे 9 को छुरी खाते देखकर, हाथ-पाँव बँधी हालत में ही 8 चीख उठा।

"इन्कलाब!"

"हब्बा! हब्बा! हब्बा! हब्बा!"

उन दोनों को खोंचा मार-मारकर, पीट-पीटकर, काफी देर तक बेभाव मारा-कूटा जाता रहा। उन दोनों ने जाने कब तो दम तोड़ दिया, किसी को अंदाज़ा भी नहीं हुआ। उनके ख़त्म हो जाने के बाद भी, कोई-कोई उन दोनों पर लात-घूँसे बरसाता रहा। इसके बाद, उन दोनों के पाँव बाँधकर, बार्बी गुड़िया के नीचे स्थित तिपाये ढाँचे में, मुर्दा शकुन की बगल में लटका देने का तोड़-जोड़ चलता रहा।

बौना अपने कमरे में मौजूद तमाम चीजें, अपने चिप्पी मारे कैम्बिस बैग में भरते हुए, हाँफ उठा और अपनी कुर्सी पर शिथिल-सा बैठा रहा। कुमार, जिशा को, अपने कमरे में लिवा ले गया था। जिशा कभी चीख-चीखकर, कभी फूट-फूटकर रोती रही और कुमार उसे प्यार-दुलार करने के बहाने, बीच-बीच में टेलीफोन पर निगाहें गड़ाए रहा।

करीब डेढ़ सौ लोगों ने अहाते में खड़े-खड़े या ऐश से बैठे-बैठे तमाशा देखा! 8 और 9 की नंगी लाशों को हाथ-पाँव बँधी हालत में ही झुला दिया गया। नीचे हथकट्टे की पार्टी का नाच और कैफीड्रिल पीने का दौर चलता रहा।

हब्बा! हब्बा!! हब्बा!!! हब्बा!!!!

आसमान में काफी ऊपर हवाई जहाज की घरघराहट! काफी...काफी ऊपर, छोटा-सा एक प्लेन नज़र आया, उस हवाई जहाज से कुछ बाहर निकला! पैराशूट खुल गया। कोई झूलते-लहराते नीचे उतर रहा था। हवाई जहाज चला गया। पैराशूट धीरे-धीरे नीचे उतर रहा था। नीचे उतरने में काफी वक़्त लगा।

बार्बी गुड़िया से काफी ऊँचाई पर, झूलते हुए 8 और 9 तथा शकुन से भी काफी ऊपर, खिलौना नगर के ऊपर मँडराता हुआ हवाई जहाज उस जगह, बँधे हुए, वजनी सामान के सहारे, धीरे-धीरे नीचे उतरा। नीचे उतरते हुए उस जहाज से तेज़-तेज़ रोशनी और विकट आवाज़ें! आसमान में झूलता हुआ विस्फोट! हल्के और क्षणिक तूफान आने का शोर।

इसके बाद, मर्त्य शरीर!

अशरीर

मैं हूँ विंडचीटर! विंडचीटर मेरा नाम नहीं है। मुझे चीटर कहा जा सकता है। लेकिन यह कोई नहीं कह सकता कि मैं वादा-खिलाफी करता हूँ। असल में पहली बात तो यह है कि सच कुछ नहीं होता। गल्फ-युद्ध के दौरान, युद्ध-रिपोर्टर के तौर पर मेरी पत्रकारिता का श्रीगणेश हुआ। समूची दुनिया को ख़बर थी कि सद्दाम ने ईराक की मरुभूमि में दुर्धर्ष फौज और प्रचंड तोप-कमान वगैरह सजा रखा है। खड्डों का ऐसा चक्रव्यूह रचा है, जो दुर्भेद्य है। इसके साथ ही रसायनिक और जीवाणु अस्त्र भी मौजूद हैं। बहरहाल, यह सब बनी-बनाई बातें हैं। जो कुछ हुआ, वह एकतरफा था। वह गणभेद्य था, जहाँ टैंकर और बुलडोज़र के साथ मशीनी हल जोड़कर 1,00,000 इंसानों को रेत में कुचलकर मार डाला गया था। हत्या का यह तरीका, दुनिया में इससे पहले कहीं इस्तेमाल नहीं किया गया था। यह हक़ीक़त भला कितने लोग जानते हैं? आज भी यह बात कितने लोगों को पता है? हालाँकि वह युद्ध टी. वी. पर भी दिखाया गया था। क्या वाकई दिखाया गया था?

खिलौना नगर हमारा एक टॉप सीक्रेट यानी परम गुप्त कौशल था, जिसे नाम दिया गया था—ऑपरेशन वल्चर! उन दिनों रिमोट सेंसिंग मशीन में फिट किए गए ढेरों शकुन, वैसे विच्छिन्न और विपन्न हैमलेट में भेजे गए थे। यह जाँच-पड़ताल की गई कि वहाँ के इंसान क्या अब भी इंसान ही हैं या ऐसे गैर-जरूरी हो गए हैं कि उन लोगों को खर्च किया जा सकता है? ऐसी अनगिनत जगहें थीं और मुझ जैसे अनगिनत विंडचीटर वहाँ गए थे।

संक्षेप में कहा जाए, तो मेरा काम था, माइक्रोस्तर पर इन सबका इंतज़ाम करना और बिना किसी झंझट-झमेले के, लोगों की नज़रों की ओट, किसी को भी कानोंकान खबर लगे बिना, अपना काम कैसे सफल किया जाए, यह तय करना। इससे पहले, हम लोगों ने फिशन और फिउशन अस्त्र तैयार किए थे। जैसे इनके आघात सहे, वैसे ही इनके जरिए आघात हनते भी रहे। खिलौना नगर में हमने न्यूट्रन बमों का परीक्षण किया था। जिसकी विशेष पारदर्शिता की वजह से, कोई-कोई व्यक्ति इसे 'कैपिटलिस्ट बम' भी कहते हैं। हमारे न्यूट्रन बमों का पहला परीक्षण खिलौना नगर पर ही हुआ था और वह परीक्षण पूरी तरह कामयाब भी रहा। 'इनहान्स्ड रेडियेशन वारहेड' नामक यह हथियार न्यूट्रन फिशन पर निर्भरशील होता है। इसके विस्फोट से जिस ताप और तत्काल-आघात की सृष्टि होती है, वह अपेक्षाकृत छोटे-छोटे इलाकों में सीमाबद्ध रहता है। लेकिन छोटी-सी जगह में न्यूट्रन और गामा के तेज़-तेज़ प्रभाव की व्यापक तरंग उठती है और तमाम जिरह-बख्तर या मोटे कवच को बड़ी आसानी से भेदकर, किसी भी जीवंत कोष को पलक झपकते ध्वंस कर देती है। इससे संपदा या और किसी चीज़ को नुकसान नहीं पहुँचता। छोटी-सी सीमा में इसकी ध्वंस-शक्ति पर्याप्त होती है और इसका असर दीर्घकालिक नहीं होता। इसलिए, यह विश्वास पुख्ता हो जा रहा है कि टैंक-फौज के खिलाफ यह रण-कौशल का जबर्दस्त हथियार है, जिसका इस्तेमाल बेहद सफल और प्रभावशाली हो सकता है। यह भी माना जा रहा है कि यह अस्त्र जहाँ कहीं भी इस्तेमाल किया जाएगा, उससे कुछेक मील दूर, अगर कोई जन-आबादी मौजूद है, तो उसका बाल भी बाँका नहीं होगा। हम लोगों ने हवाई जहाज से, खिलौना नगर पर न्यूट्रन बम बरसाए थे। लेकिन लान्स मिसाइल या 8 इंच यानी 20 सेंटीमीटर हेविट्ज़ार कमान की मदद से भी न्यूट्रन बम गिराए जा सकते हैं।

हमें यह डर भी था कि खिलौना नगर के ऊपर हमारा यह परीक्षण-विस्फोट अगर कामयाब न हुआ, तो क्या होगा? या अगर कोई बचकर यहाँ से भाग निकला, तो दुनिया भर के लोगों को इस बारे में पता चल जाएगा। इस मामले में सबसे ज्यादा ख़तरनाक साबित हो सकते थे नंबर 8 और 9। इन दोनों का दुराग्रह और ज़िद इस क़दर ज़बर्दस्त था कि उन जैसे इंसानों पर किसी परीक्षण का जोखिम नहीं उठाया जा सकता। इसीलिए उनके संदर्भ में मुझे कोई और इंतज़ाम करना पड़ा था।

वहाँ के पत्थरों का गठन देखकर, मुझे अंदाज़ा हो गया था कि यहाँ पानी मिल सकता है। इसके लिए, सुइट, यहाँ तक कि कचरा-पहाड़ के करीब भी, पत्थरों के जो दृश्यांश थे, उन्हें भी देखना-परखना, मेरे लिए जरूरी था। वहाँ की कोई भी चट्टान या बड़ा पत्थर बोल्डर या विछिन्न पत्थर का खंड नहीं था। असल में चीटर लोगों को बहुत कुछ जानना होता है। अब तक पाठकों को यह हक़ीक़त भी बखूबी

समझ में आ गई होगी कि आपात नज़र से देखो, तो जो धारणा बनती है, वह टूटा ट्रांजिस्टर और जंग लगी बैटरी भी असल में कुछ और थी। मेरी बातें, मेरी हिदायतें ट्रांजिस्टर सुनता था, मैंने इस हक़ीक़त को छिपाया नहीं, बल्कि बता दिया था। ऐसी बहुत सारी बातें मैंने कही हैं, जिनमें सैकड़ों अर्थ छिपे हुए थे। अगर कोई न समझ सका हो तो, मैं निरुपाय हूँ। मैंने ही पानी में ज़हर मिलाया था। मेरा ही भेजा हुआ संदेश पाकर, उत्तर दिशा में विस्फोट और धमाकों का इंतज़ाम किया गया, ताकि खिलौना नगर से कोई भाग न सके। मेरे पास सोने के बिस्कुट नहीं थे। एक अदद सोने की मुहर मैंने खर्च की थी हालाँकि वह मुहर, अहाते में पड़ी हुई हथकट्टे की लाश के हाथ में मौजूद थी। मैंने वह मुहर वापस नहीं ली हालाँकि मैं ले सकता था।

खिलौना नगर की हक़ीक़त अब कोई नहीं जान सकेगा। जानने का कोई उपाय ही नहीं है। तमाम लाशें बटोरकर, बार्बी गुड़िया के सामने बिछे अहाते में ढेर लगा दी गईं और उन पर पेट्रोल छिड़ककर, उन लोगों को जलाकर निश्चिह्न कर दिया गया। मैंने कुमार से वादा किया था कि जिशा और उसे, मैं ले जाऊँगा। मैंने अपना वादा पूरा किया। मर्द और औरत की देह में, तेज़ न्यूट्रन और गामा रेडियेशन क्या-क्या प्रतिक्रिया जगाता है, इसकी चीर-फाड़ और विश्लेषण करके, जानकारी प्राप्त करने के लिए, उन दोनों प्राणियों को प्लास्टिक के जिप लगे लंबे बोरे में भरकर, हेलीकॉप्टर से ले जाया गया।

□

लुब्धक

जिप्सी और फ्रॉन ट्रॉट को, यह कुकुर-उपकथा समर्पित की गई है। सन् 1988 में, यू एस सर्जिकल कार्पोरेशन नामक, चिकित्सा-सरंजाम निर्माता संस्थान के दफ़्तर में बम रखते हुए, फ्रॉन ट्रॉट को गिरफ़्तार कर लिया गया। यह संस्था शल्य-चिकित्सा के लिए, जो ख़ास किस्म की स्टेप्लर बनाती थी, वह कितना असरकारी है, यह दिखाने के लिए, ज़िंदा कुत्ते इस्तेमाल किए जाते थे। जिप्सी का परिचय, इसी उपकथा में मौजूद है।

सात घंटे, कुल सात घंटे और बाकी रह गए थे। सात घंटे! मतलब चार सौ बीस मिनट! ख़ास अकल्पनीय जैसा भी कुछ नहीं था। कुल 25,200 सेकंड! यह समयखंड दौड़कर गुज़र जाए, इसके लिए एक अदद नींद ही काफी थी। लेकिन इसे पूरी तरह नींद भी नहीं कहा जा सकता। थोड़े-से समय के लिए ही सही, दो-एक सपने देखना भी ज़रूरी था। कुल मिलाकर सात घंटों का इंतज़ार! वैसे नींद में डूब जाना ज़रूरी हो या नींद आ ही जाएगी, ऐसी भी कोई बात नहीं थी।

रिक्टर स्केल पर तो नापा नहीं गया कि भूकंप कितना ज़बर्दस्त था! अब इससे बढ़कर हास्यास्पद बात और क्या हो सकती थी? असल में इस क़िस्म की बातें करने में कोई तुक ही नहीं है। भौं! भौं! चार्ल्स ऑफ रिक्टर ने अपना स्केल तो अभी उस दिन बनाया था! सन् 1735 में! भूमि-कंप तो सन् 1737 में हुआ था, मतलब उनसे लगभग दो साल पहले। 3,00,000 लोग मर गए थे। दिन था 11 अक्तूबर! सन् 525 से लेकर सन् 1995 तक, दुनिया भर को थर्रा देनेवाले जिन चबालीस भूकंप की सूची दर्ज की गई थी, कैसी अद्भुत बात है कि मानो उसी तारीख से मिलाकर ही, 11 नवंबर के इस भूकंप का उल्लेख था। इस सूची में आखिरी भूकंप सन् 1995 की 17 जनवरी को, जापान के कोबे में आया था, जिसमें 5,250 लोग ख़त्म हो गए थे। ख़ैर, 11 नवंबर का भूकंप, जिसमें तीन लाख लोग मरे थे, इसी कलकत्ता में आया था।

उस ज़माने में, यह ज़रूर था कि कलकत्ते में इतने सारे लोग नहीं बसे थे। इतने सारे घर-मकान, पुल, स्तंभ, मीनार, मेट्रो वगैरह कुछ भी नहीं थे। इसके बावजूद इतने लोग तो रहते ही थे कि उसमें से तीन लाख शहरी, अपनी जान से हाथ धो बैठे। वैसे किसी शहर में सिर्फ इंसान ही तो नहीं बसते। मसलन् कलकत्ता के चिड़ियाखाने के जीव-जंतुओं को अगर छोड़ भी दिया जाए, तो जितने सारे गैर-इंसान यानी इंसानेतर प्राणी हमें नज़र आते हैं, उन दिनों, उतने जीव, इस शहर में भी मौजूद थे। जैसे कुत्ते, गाय-बैल, बकरी, बिल्ली, कौए, चिड़िया-चुनमुन, चमगादड़ और भी जाने कितने-कितने जीव! अब चाहे भूकंप हो, विश्वयुद्ध जैसी घटना हो या महामारी हो या शांत समय में भी कोई परमाणविक अस्त्रवाही जहाज के डूब जाने जैसी दुर्घटना हो, सही या ग़लत, इंसान के पास कमोबेश उसका एक हिसाब होता है। प्राण-हानि शब्द का आखिर क्या मतलब होता है? निश्चित रूप से इंसान! बहुत बार ऐसा होता है कि बस के अंदर लिखे हुए जुमले पर नज़र पड़ती है—समय की अपेक्षा जीवन बहुमूल्य है। किसका जीवन बहुमूल्य है, इसे ज़्यादा खुलकर कहने की ज़रूरत नहीं पड़ती। इस जुमले का क्या मतलब है, यह तो पता ही होता है। जानी हुई बातों की ही जानकारी दी गई होती है। यह बात सभी जानते हैं, फिर भी बड़े-बड़े अक्षरों में लिखा होता है। ऐसा क्यों किया जाता है? अभी जो सात घंटे बाकी बचे हैं, वह समय सोने के बजाय, ऐसे ही चंद सवालों पर सोच-विचार करते हुए गुज़ार दिया जाए। इस दौरान सभी लाग कुहासे की तरह बिखरी हुई निस्तब्धता के बारे में अभी भी शायद सजग नहीं हुए हैं। हालाँकि ज़रा-सा ख़्याल करें, तो पता चल जाएगा कि शहर भर में शोरगुल होने के बावजूद, उसमें कुत्तों के भौंकने की आवाज़, टायर या गैस का सिलेंडर फटने की आवाज़, टेलीविज़न पर जानी-पहचानी आवाज़, दौड़ती हुई कार में स्टीरियो बजने की आवाज़, बूँद-बूँद बारिश झरने की आवाज़, खाना खाने की आवाज़, निःशब्द छपाई की आवाज़, शव लेकर जाते हुए, राम-नाम-सत्य की आवाज़, ट्रामों के अपनी गुमटी में लौटने की आवाज़, ट्यूब लाइट की तुतलाते-तुतलाते जाग उठने की आवाज़, एक हत्थेवाले ट्यूबवेल से पानी पंप करने की आवाज़—ये सारी आवाज़ें ज्यों की त्यों! लेकिन, किसी कुत्ते के भौंकने की आवाज़ नहीं; किसी गाड़ी से टक्कर खाने के बाद; बचे-खुचे आर्तनाद की गूँज तक नहीं; हिलक-हिलककर रोने तक की आवाज़ भी नहीं! कुत्तों की भी कोई आवाज़ नहीं! कहीं कोई कुत्ता नहीं! या कुत्ते हैं, मगर भौंक नहीं रहे हैं। सात घंटे का समय हाथ में है। इस बारे में भी खोज़-खबर ली जा सकती है। तमाम कुत्ते आखिर गए कहाँ? ये तमाम फूल कहाँ जाते हैं? फूल चुगनेवाली बच्चियाँ कहाँ जाती हैं? वे औरतें, जो नौजवानों को देखकर उन पर फ़िदा हो जाती हैं, वे कहाँ हैं? वे औरतें जिन क़ब्रों तक जाती हैं, वे सब दुबारा फूलों की पांखुरियाँ बन जाती हैं—इन सब

पर, जिसने गीत रचा था, वह बूढ़ा, क्या बता सकेगा? आखिर वे कुत्ते गए कहाँ?

ऐसी कौन-सी बात हो सकती है, जिसकी वजह से कुत्तों की पूँछ में तारोंवाले पटाखे बाँध दिए गए थे। जिसे देखकर उन कुत्तों को इतना मज़ा आया कि वे सब उछलते-कूदते आसमान की तरफ दौड़ गए? और हम सब रात के शून्य की तरफ टकटकी बाँधे, इन तारा-पटाखों का आना-जाना या जलकर निःशेष हुए पूँछों से झरती हुई बेशुमार आलोक वर्षा को काफी देर-देर तक, काफी युगों तक, देख रहे हैं, देखते ही जा रहे हैं। अब सात घंटे और देखा जा सकता है।

लेकिन बेहोश करके, काफी तेज़-धार हथियार या आरी से कुत्तों को चीरा जाए, तो क्या कोई तेज़ आवाज़ हो सकती है? जिन लोगों ने चिराई-कारखाने में खड़े होकर पेड़ों की जड़ों की चिराई देखी है, काठ की जड़ों से झुरझुराते हुए बुरादों से, ज़मीन को ढँकते हुए देखा है, वे लोग क्या इतनी सूक्ष्म, इतनी सम्मोहित आवाज़ सुन पाएँगे? बेहोश कुत्तों को चीर डालने की आवाज़ें? विपदा की आवाज! उसके बाद, और ज़्यादा सूक्ष्मतर विश्लेषण की आवाज़! इससे कुछ ही पहले तो आकाश गंगा का जिक्र छिड़ा हुआ था, जहाँ महाकाश यान में लाइका को भेजा गया था। वहाँ से हम ईश्वर और रक्त की गंध में डूबे कुत्तों की चीर-फाड़ की मेज़ तक कैसे आए थे? कैसे आए थे, लाइका? कैसे आए थे, स्त्रेलूका, वेलूका? कैसे? कैसे?

इससे तो बेहतर है, इस रक्त और ईथर में लिपटी मेज़ को छोड़कर, आकाश के सूराखदार तिरपाल तले ही, विकट दुर्गन्ध-भरी जगह भी जा सकते हैं, जिसका नाम है—पिंजरापोल! शब्दकोश में कहा गया है कि पिंजरापोल का मतलब है—''बेकाम-अकर्मण्य गाय, घोड़े वगैरह के लिए विशाल पिंजरे के आकार की घिरी हुई जगह!'' रात के वक्त वहाँ निशाचर, राक्षस, चोर, बिल्ली और उल्लू जाते हैं। यहाँ बरसात मरे हुए कुत्तों को सड़ाने और फुलाने में सक्रिय रहती है, जैसे धूप, गंधाती हुई बाताश, मक्खी, चुहिया और अन्य जीवाणुओं की संवाहक बनती है। यहीं जन्म लेकर, यहीं मर जानेवाले उस कुत्ते के पिल्ले पर नज़र डालें, जिसकी अभी आँखें भी नहीं खुली थीं। अभी उसके अंग-प्रत्यंग कुछ-कुछ रुई जैसे थे। देखो तो सही, चींटियों ने उसकी बंद आँखों पर, चिपकी हुई झिल्ली को चाट डाला है, इसलिए उसकी आँख खुली हुई हैं। उसकी मुर्दा आँख बेहद क्षुद्र, अकिंचन और गंदली लग रही है। अब देखो, उस आँख पर जिसकी छाया पड़ रही है, उसका नाम है—महाकाश! उसी मृत एक अदद आँख या दर्पण के बिंदु ने छागापथ को थाम रखा है। दूर...वह टूटी-ढली आकाशगंगा, क्रतु, पुलह, शिशुमा तारामंडल और जाने कितने-कितने धूमकेतु और बेकार, निष्प्राण, कृत्रिम उपग्रह। इसके अलावा भी बहुत कुछ मौजूद है। कालपुरुष के दक्षिण-पूर्व पर निगाहे डालें। कैनिस मेजर या वृहद तारा-मंडल नज़र आएगा। इनके बीच ही, आकाश का वह उज्ज्वलतम्, खूबसूरत तारा दिखाई देता

है। उसी का नाम है—लुब्धक या सिरिअस तारा! जो लोग नक्षत्रों का अध्ययन करते हैं, वे जानते हैं कि 1 फरवरी को रात 10 बजे और 1 नवंबर को भोर 4 बजे के करीब, लुब्धक मध्यगमन करता है। फिलहाल उसकी क्या मंशा है, बस, और सात घंटे बाद पता चलेगा। उसका निर्देश जारी हो चुका है। अब उसे वापस लौटा लेने का सवाल ही नहीं उठता। लेकिन, अभी भी सात घंटे का वक्त है।

पिंजरापोल सिर्फ एकाध ही नहीं है और एक ही पिंजरापोल में कम से कम एक सौ सत्रह कुत्तों की लाशें गिनी जा सकती हैं, जिसमें उन देखी हुई लाशों को न भी गिना जाए, तो चलेगा। सबके सब मुर्दे विभिन्न मुद्राओं में पड़े हुए! किसी की गर्दन में टुकड़ा भर डोरी बँधी हुई! कोई बूढ़ा! कोई जवान! कोई कुतिया पहली बार माँ बननेवाली थी, अब कृमि-कीटों की आहार बनी हुई! इसलिए अभी और सात घंटे पड़ी रहेगी। चरम मुहूर्त में, मौत के आगे आत्मसमर्पण करने से पहले, किसी कुत्ते ने शायद दाँत गड़ाने की कोशिश की थी। किसी ने आखिरी बार पंजे उठाए थे। किसी ने पंजे सिकोड़ लिए थे। मरने के बाद, किसी ने शांत नींद की मुद्रा ओढ़ ली थी। ख़ैर, पिंजरापोल फिलहाल लावारिस और फ़रार कुत्तों की मृत्यु-भूमि बनकर, अन्यान्य पिंजरापोलों की तरह, शव-स्तब्ध, स्थिर बना रहे। वैसे महाकाश से देखें, तो यह कलकत्ता अति नगण्य तारा-पुंज नज़र आएगा। कम से कम सात घंटे दूर से देखें, तो बिल्कुल ऐसा ही दिखेगा। अँधेरे में खदेड़े जाने पर, चंद जुगनू एक ही जगह इकट्ठे हो गए थे। उनकी अवश, ठिठकी हुई टिमटिमाहट देखते-देखते ही, किसी समय आँखों में नींद उतर आए। अब, यह नींद पूरे सात घंटे तक जारी रह सकती है।

लेकिन एक बात क़बूल करने के अलावा और कोई उपाय नहीं है। एक के बजाय अगर कई-कई पिंजरापोल का चक्कर लगाते हुए, अगर तमाम कुत्तों की लाशों पर नज़र डालें, तो यह बात बिल्कुल साफ हो जाएगी कि अभी-अभी जिस विचित्रता का उल्लेख किया गया है, वह कोई मामूली तस्वीर हरगिज नहीं है। अनेक ही नहीं, अधिकांश कुत्तों ने बेहद असहाय भाव से मौत क़बूल कर ली थी। वैज्ञानिकों ने भी अब यह साबित कर दिया है कि कुत्तों को लाचारी का सबक भी सिखाया जा सकता है। हम सब शटूल-बॉक्स परीक्षण के जरिए यह सच्चाई जान सकते हैं। शटूल-बॉक्स एक ऐसा बक्सा है, जिसमें तिरछे तरीके से एक अस्वच्छ बाधा या विभाजिका मौजूद है, फ़र्ज़ करें उसकी ऊँचाई एक कुत्ते जितनी है। शटूल-बॉक्स का धरातल धातु-निर्मित है। वहाँ अगर बिजली का ज़ोर का झटका दिया जाए, तो कुत्ता उछल-कूद मचा देता है और वह बाधा लाँघकर, बक्से के दूसरे हिस्से में आ सकता है, जहाँ का धरातल इलेक्ट्रिक-शॉक से मुक्त है। लेकिन इस सुरक्षित हिस्से में पहुँच जाने के बाद भी, यहाँ भी कुत्ते को शॉक देने का इंतज़ाम है। इस तरह कुत्ता बेचारा

दिशाहारा हो उठता है। अब अगर इस अस्वच्छ बाधा को हटाकर, उसकी जगह ऊँचा-सा काँच जड़ दिया जाए, तो हमें नज़र आएगा कि कुत्ता उछल-उछलकर काँच से टक्करें मार रहा है। अनजाने में ही उसे मल-मूत्र त्याग करते हुए, चीख-चीखकर या कूँ-कूँ की आवाज़ में गुहार लगाते हुए, कँपकँपाते हुए, बक्से को नोंचने-खसोटने की कोशिश—कुत्ते द्वारा इस क़िस्म की सैकड़ों कोशिशें बिल्कुल साफ-साफ दिखाई देंगी। लेकिन देखा यह गया कि लगातार दस-बारह दिन तक अगर इस क़िस्म का प्रयोग जारी रहा, तो कुत्ता उछलने या भागने की कोशिश भी छोड़ देता है और इस तरह उसे लाचारी का पाठ पढ़ाया जाता है। कुत्ते इसी तरह असहायता और बेबसी की तालीम पाते हैं। प्रयोग के दौरान, यह भी गौर किया गया है कि कुत्तों ने हथियार डाल दिए हैं और बिजली के झटके चुपचाप बर्दाश्त करने लगते हैं। इस तरह कुत्तों ने विज्ञान को विकास के पथ पर आगे बढ़ाया है और यह भी साबित कर दिया है कि असहाय स्थिति को क़बूल करना सीखा भी जा सकता है और सिखाया भी जा सकता है। कुकुर-उपकथा में चूँकि कुत्तों का आना-जाना ही अधिक है, इसलिए पहले से ही यह बताए रखना भी ज़रूरी है कि असहायता की तालीम देने के प्रयोग में सिर्फ कुत्तों पर ही नहीं, और-और प्राणियों पर भी इसका परीक्षण चलाया गया था। मसलन्, चूहे और गोल्ड फिश यानी सोन मछली पर!

अगर शटूल-बॉक्स का इंतज़ाम कर सकें, तो हाथोंहाथ जाँच-परीक्षण करके, यह हक़ीक़त जान सकते हैं कि असहायता और लाचारी, सचमुच सिखाई जा सकती है या नहीं।

ख़ैर अभी तो पूरे सात घंटे हाथ में हैं! भौं! भौं!!

2

धारदार चाँद, चमचमाता है, रात की ग्रीवा पर!
प्लानेटेरियम की इलेक्ट्रोनिक घड़ी पर
उस वक्त चढ़ा होता है, तेज़ बुखार!
खाली-सूने मैदान में फैला अंधकार
लड़खड़ाती है, एक अदद ट्राम!
अचानक ही गुज़र जाती है पुलिस-वैन,
चौंकाते हुए सोये हुए कुत्तों को!
ख़ैर, उन्हें चौंका देती है रोज़-रोज़!

सबसे पहले, जो कहीं से भी बिल्कुल अलौकिक नहीं है, उस क़िस्म का कोई कान उग आने की घटना का जिक्र छिड़ जाएगा। कलकत्ता जैसे-जैसे मृत-बेजान नौकर-चाकर समेत हृष्ट-पुष्ट और सेलोफोनवाही, नित्य-संपर्क की ममी और बेलूनदार शहर होता जा रहा है, वैसे-वैसे इस क़िस्म की अप्रत्याशित घटनाओं के घटने की संभावना भी बढ़ती जा रही है। चार पहियों के शून्य के यानी 0000 के ऊपर खड़ी है, झक्झक् चमकती हुई मोटरगाड़ी, जिसके अंदर, मृत चेहरे पर मेकअप और कलफ, गल-गलकर टपक रहा है। दूसरी तरफ, फटी-सी और चिप्पी लगी पतंग, जैसे ख़ारिज हो जाने के बाद भी, तार पर अटके हुए कंकाल की तरह, अपने बेजान हाथ हिलाती रहती है, उसी तरह बेघर-बेपता होकर रह गए हैं, वे सब कुछ, जो दुबले-पतले, मरगिल्ले हैं, अपच की वजह से फूले हुए, पार्ट-नंबर, सीरियल नंबर, राशन-कार्ड, अस्पताल से थमाया गया गंदा-शंदा चिरकुट, बेफ़ायदा दस्तावेज़ और तेज़-तेज़ आँधी-तूफान के लाठीचार्ज से इधर-उधर उड़ते-उड़ते पॉली-बैग और भुरभुरे के ठोंगे, कीचड़-सने पंख और हैंडबिल! इन सब अनगिनत चीज़ों का कोई हिसाब नहीं है।

इस कुतिया का रंग काला है, हालाँकि उसके सामनेवाले बाएँ पंजे की थोड़ी-सी जगह, सफेद-सफेद रोंये से ढँकी हुई थी। चलिए, उसे नाम देते हैं—कनजोड़ी! यह नाम क्यों, यह बस, अभी-अभी पता चल जाएगा। कनजोड़ी कोई साहसी कुतिया नहीं थी। बेहद डरपोक स्वभाव की कुतिया थी, जिसने एक बार में पाँच ज़िंदा और एक मरे हुए पिल्ले को जन्म दिया था। दो पिल्ले चोरी चले गए। दोनों तो मरे नहीं थे। दो गाड़ी से कुचल गए। एक पिल्ला, जब छोटा ही था, कोई चील बुटकारी मारकर, उसे झपट ले गई। बाकी दोनों चोरी हो गए। नतीजा यह हुआ कि सर्दी का समूचा मौसम, कनजोड़ी की रुलाई नहीं थमी। शुरू-शुरू में उसकी रुलाई चुभती नहीं थी, मगर हवा में तैरती रहती थी। बाद में, जब यह आवाज़ सुनी गयी, तो वह अलग से पहचान में नहीं आती थी। बहरहाल शाब्दिक अर्थ मुताबिक, 'सन ऑफ ए बिच' एक भी ज़िंदा नहीं बचा। कम से कम उस बार! इधर उस कुतिया की छाती मारे दूध के, फटी पड़ रही थी। लेकिन...सारा कुछ सह गयी।

कुत्ते अपने मरे हुओं को कितने दिनों याद रखते हैं या रख सकते हैं, इस बारे में शायद कोई शोध या खोज हुई हो। वैसे न होना ही ज़्यादा असंभव है। बहरहाल, वह काली, काफ़ी माँ-कुतिया किसी एक-मंज़िले फ्लैट की ग्रिल के बाहर, एक दिन खाने की गंध पाकर लेकिन खाना हाथ न लगने पर, घास हटा-हटाकर खाना खोज रही थी। घास में जो राख के रंग की, नन्ही-नन्ही तितलियाँ होती हैं, सबकी सब उड़ गईं। अपनी पीठ पर दो पंख जोड़े, मरगिल्ली परी जैसी छोटी-छोटी टिड्डियाँ भी उड़ गईं। गंगा पतिंगों के बच्चे, जो जन्म से ही ऊँची उछल-कूद शुरू

कर देते हैं, वे भी फुर्र हो गए। गंध बिखरी होने के बावजूद, खाने का अता-पता क्यों नहीं है, जब इस उधेड़बुन में माँ-कुतिया तन्मय थी, उस वक्त ग्रिल की जाली से उसके सिर पर मिडरेटिक एसिड उँड़ेल दी गई। चूँकि वह कुतिया एक झटके से पीछे हट गई, इसलिए एसिड से फुस्-फुस् की आवाज़ करता हुआ, गुस्सैल धुआँ निकलने लगा और उसके रोंये से फिसलकर, कान की तरफ बह निकला और उसका कान गल-गलकर टपकने लगा।

उस वक्त चील-चीत्कार करते-करते अपना सिर एक तरफ झुकाए-झुकाए, बेतहाशा दौड़ रही थी। अचानक उसकी निगाह कीचड़-कादा जमा हुए, एक गड्ढे पर पड़ी और उसने झुककर, अपना गला हुआ कान, उस कीचड़ में डुबा दिया। उस सड़े हुए कीचड़-पानी में धरती की प्राणशक्ति मौजूद थी। बेहद सिक्त! शीतल और आरामदेह! उस कीचड़ में ही अवश कर देनेवाला कुहुक-मंत्र था! घास और विविध पौधों की मिली-जुली दवा थी! सबसे बढ़कर, शरण देने के लिए एक अदद गोद थी। असल में कीचड़-कादा ऐसी ही जगहों में जमा होता है, जहाँ पृष्ठभूमि में अवतल मौजूद हो! भौं! भौं!!

इसके बाद, रोमहीन, गले कानवाली, नुंची हुई जगह देखने में ऐसी कुत्सित हो आई कि उसके प्रति कुत्तों की जो दीवानगी थी, अब वे भी उससे कतराकर चलते थे। लेकिन, अंदर समायी हुई, विविध मात्रा में समायी हुई प्राणशक्ति की क्षमता, एक जादू-भरी वास्तविकता है। धीरे-धीरे वह जगह रोम से ढँक गई। उसके बाद पेड़ों में जैसे झंखाड़ उग आते हैं, उसी तरह वह जगह भी अचानक सूज़ आई। बरसात के पानी में कैसी तो करुणा समायी होती है। धीरे-धीरे उस कुतिया के दूसरे कान से अपेक्षाकृत छोटा, लेकिन ठीक-ठाक सा एक अदद कान भी उग आया। इसीलिए उसका नाम कनजोड़ी दिया गया। ख़ैर, उस कुतिया से, बाद में दुबारा भेंट होगी।

बाद में, कई-कई दिनों के अंतराल में कुत्तों के खिलाफ जो घटनाएँ घटीं, उन सबकी कमोबेश जानकारी होने से पहले, यह भी याद रखना ज़रूरी है कि सभी घटनाओं की परिणति, कनजोड़ी कुतिया की तरह सुखद नहीं थी। जिन लोगों ने, कुकुर-उपकथा की तरह, कुत्तों पर जो कुछ आलतू-फालतू लिखते हैं, उस पर उन लोगों का कोई हाथ नहीं होता। वैसे जो लोग यह धूल-भस्म पढ़ते हैं, इसमें मुमकिन है, उन पाठकों का हाथ हो।

दूसरी घटना, एक सुनिश्चित जगह पर घटी थी। जादवपुर थाने की तरफ से, अनवर शाह रोड होकर, अगर कोई लेक गार्डेन्स या नवीना सिनेमा की तरफ जा रहा हो, तो ठीक एक स्टॉप के बाद, दाहिनी तरफ टुकड़ा भर खाली मैदान पड़ता है। जिसके पीछे ई ई डी एफ स्थित है। इस मैदान में काफी बड़ी-सी पूजा भी होती

है। कभी-कभी खेलों का भी आयोजन होता है। अगर कोई अच्छा मैच-टैच हुआ, तो सड़क पर अच्छी-खासी भीड़ भी जम जाती है। इस मैदान की परली तरफ की फुटपाथ पर चाय की जो दुकनिया है, वहाँ 'सदा' रहता था। मुमकिन है, सदा पहले भी वहीं रहता हो, मगर उस वक्त उसकी तरफ किसी का ध्यान न गया हो। जब उस पर निगाह पड़ी, तब तक काफी कुछ घट चुका था।

दोपहर का वक्त! आग बरसाती धूप में सड़क की कोलतार तक पिघल गई थी। उस पिच पर पंजे भले न धँसे, मगर छाप तो पड़ती ही। बहुत बार सीमेंट जम जाने के बाद भी ऐसी छाप बच रहती है। अगर कोई ख़्याल रखता, तो उस पर नज़र भी पड़ती। उस कड़ी धूप में जलती-झुलसती, डब्ल्यू.बी.वाई. नंबर की सफेद रंग की एक एम्बेसडर, कम से कम साठ किलोमीटर की रफ़्तार से आ रही थी। सदा उस वक्त सड़क पार कर रहा था। सदा बेहद दुबला-पतला, हड्डियों का ढाँचा, निरीह और बेतरह डरपोक! गर्मी में उसका दिमाग गड़बड़ा जाता है। सदा को भी शायद ऐसा कुछ हुआ था, वर्ना सामने से आती हुई, लगभग शब्दहीन गाड़ी की तरफ उसका ध्यान क्यों नहीं गया? जिस गाड़ी में गाना बज रहा था, मगर उसमें ड्राइवर के अलावा और कोई नहीं था।

अगर वह स्टियरिंग को ज़रा-सा भी बाएँ घुमा देता, तो हादसा नहीं होता। बायीं तरफ कोई गड्ढा, गाड़ी या साइकिल वगैरह कुछ हो, ऐसा भी नहीं था। अगर स्टियरिंग को हल्का-सा भी घुमा देते, तो गाड़ी के बंपर का दाहिना हिस्सा और सदा के सिर के बीच की दूरी, करीब डेढ़ फुट बढ़ जाती और सामने से दूधिया-सफेद, चमचमाती बला टल जाने के बाद, सदा शायद समझ पाता कि कैसी दुर्घटना होते-होते रह गई। लेकिन सदा जो दाहिनी तरफ से सड़क पार कर रहा है, यह तो काफी दूर से ही नज़र आ जाना चाहिए था। सदा जिस रफ़्तार में चल रहा था, वह कहीं से भी तेज़ नहीं थी, इसलिए वह तो काफी देर तक नज़र आता रहा था।

गाड़ी का वजन और रफ़्तार को मापा जाए और उसके साथ सदा का डरा-डरा, सदा नतसिर। गाड़ी के धक्के की आवाज़ बिल्कुल वैसे ही गूँज उठी थी जैसे किसी पाजी बूट तले, फ्रूटी का खाली डिब्बा फटा हो। गाड़ी इतनी तेज़ रफ़्तार में गुज़र गई कि उसके खूबसूरत, मोम पालिश से चमचमाते बदन पर, सदा के दिमाग की चर्बी या खून की एकाध बूँद छिटककर लगी या नहीं, यह भी समझने का मौका नहीं मिला। सदा की बेजान देह छिटककर ऊँचे-पक्के शेड-डिवाइडर पर जा पड़ी थी। सिर फटकर टुकड़े-टुकड़े हो गया था। उसके पिछले दोनों पैर कई एक बार फैले और सिमट गए। उसके बाद, फिर एक बार फैले और रह-रहकर काँपते-काँपते खामोश हो गए और एकदम से बेजान हो गए। गाड़ी अगर दया करके, ज़रा बाएँ हो जाती; स्टियरिंग को बाएँ हाथ से भी, ज़रा हौले से, प्रायः न घुमाने जितना भी,

अगर हल्के से घुमा दिया जाता...। लेकिन, यह भी तो मुमकिन था कि सदा पर ही निशाना साधा गया था और उसी मुताबिक गाड़ी चलाई गई थी, ताकि ठीक वक्त पर, ठीक वाकया घट जाए। इसमें ढँकने-छुपाने जैसा कुछ भी नहीं हुआ, सारा कुछ बिल्कुल स्पष्ट था! धुँधली चाँदनी जैसा अस्पष्ट, शायद कुछ भी नहीं था। मुमकिन है, गाड़ी को जो लघु दायित्व सौंपा गया था, आज्ञाकारी मशीन की तरह उसने पालन किया। जैसे ट्रिगर खींचने के साथ-साथ ही बंदूक अपना काम कर गुज़रती है या हवाई जहाज से बटन दबाते ही, जैसे बम...!

तीसरे नंबर की घटना उत्तर कलकत्ते में घटी थी! पाँच-माथा मोड़ के करीब ही! वहाँ बादामी रंग की कुतिया के चार पिल्ले बड़े आराम से बड़े हो रहे थे। दस दिनों बाद यथास्थिति उनकी आँखें भी खुल गई थीं। उन दिनों कलकत्ते में, कलकत्ते के अंदाज़ से अच्छी-खासी ठंड थी। कुकुर-शावकों की उम्र तब तक तीन हफ्ते की हो चुकी थी यानी वे सब डुगुर-डुगुर चल-फिर सकते थे। हल्की-हल्की आवाज़ भी निकलने लगी थी। अलसुबह, एक पर एक चढ़े हुए, जीवंत गर्भ पिरामिड बने, वे सब नींद में बेखबर थे। उस वक्त वह बादामी कुतिया वहाँ नहीं थी, हालाँकि ज़रा देर बाद ही, वह लौट आई। उन सबके बदन पर बाल्टी भर ठंडा पानी उँड़ेल दिया गया। बेचारे भीगे-चुप से पिल्ले बिल्कुल ठीक-ठीक काँपने लगे। कूँ-कूँ करके महीन-सी रुलाई भी गूँज उठी। लेकिन बाद में जब धूप चढ़ी, कुछ ही देर में यह नज़र आया कि बर्फीले पानी के उस धक्के की, उन्होंने ख़ास परवाह नहीं की। बल्कि सब एक-दूसरे को नोंचते-खसोटते, एक-दूसरे से लिपटते-झपटते खेलने लगे और माँ के आते ही दूध पीने के लिए, उस पर टूट पड़े। बाल्टी के ठंडे पानी का कोई असर न होते देखकर, उन पिल्लों पर दूर से ही निशाना साधकर, एकाध, कोण-झरी ईंटें बरसायी गईं। ज़रा-से फेर से ईंटों का निशाना चूक गया। बादामी कुतिया ने ईंट-पत्थर बरसाने का खेल खूब देखा था, लेकिन उसे यह समझने में कोई असुविधा नहीं हुई कि इस बार जो बड़ी-सी ईंट उड़कर आई है और कुछ ही दूर, फुटपाथ पर धराशायी हो गई है, उसमें एक स्पष्ट संकेत, एक ख़ास इंगित छिपा है। आधी ईंट का टुकड़ा जिस तरफ से आया था, उस दिशा में, बादामी कुतिया कई बार गुस्से से गुर्रा उठी। अगले ही पल वह कूँ-कूँ की आवाज़ उठाती हुई अपने पिल्लों को सूँघने लगी। उसके बाद वह बादामी कुतिया उस जगह नहीं रुकी। वह अपने चार बच्चों को लिए-दिए, वहाँ से हमेशा के लिए चली गई। वह कहाँ गई, यह बाद में पता चलेगा।

अच्छा, सरसरी नज़र से ग़ौर किया जाए, तो इन तीनों घटनाओं में कहीं, कोई मेल नज़र आता है, बेशक आता है। वैसे यह योगसूत्र बेहद अशुभ है, यह भी व्याख्या की अपेक्षा नहीं रखता। इसके बाद ही शुरू हो गया, कलकत्ता को कुत्ता-मुक्त

रखने का सर्वात्मक अभियान! इसकी वजह यह थी कि नयी सहस्राब्दी में, जो महानगरी, महाराक्षसी की तरह, नयी साज-सज्जा में सजायी जा रही थी उसमें कुत्तों के लिए कोई जगह होना नामुमकिन था। जब इसे घोषित नीति के तौर पर ग्रहण किया गया और इसके लिए ज़रूरी अनुमोदन, सहमति और सील-मुहर अर्जित की जाने लगी, उन दिनों इसके खिलाफ दो-दो संपूर्ण भिन्न-भिन्न शिविरों ने सक्रिय होने की कोशिश की थी, हालाँकि इससे कोई फ़ायदा नहीं हुआ। एक शिविर वह था, जिसमें जीवों के प्रति निर्ममता के खिलाफ जो संगठन सक्रिय थे वे थे और दूसरे शिविर में वे सब कंपनियाँ शामिल थीं, जो अलग-अलग क़ीमतों की जलातंक-प्रतिरोधक दवाएँ बनाती थीं। दुनिया में ऐसी कोई योजना असंभव है, जिसकी मियाद चाहे कितनी भी हो, जिसमें सभी पक्षों को खुश करके, योजना को कार्यरूप दिया जाए। ऐसी परिकल्पना चाहे जो भी बनाए, कोई व्यक्ति या दल या समवेत दल, किसी को कोई फ़र्क नहीं पड़ता। इसकी अहम् वजह भी हैं। नंबर एक! सभी पक्षों की राय सुनने से काम नहीं चलता, सभी पक्षों की राय सुनी भी नहीं जाती। नंबर दो! योजना अगर शुरू भी हो गई तो अपने ही दम पर चलती रहती है और नंबर तीन! अक्सर ऐसा भी देखा गया है कि योजना लगाम छूटे घोड़े की तरह दौड़ पड़ती है और उसके सामने जो भी पड़ता है उसे हुश्श! हुश्श! करके या अपनी गर्मागर्म उसाँसों से उड़ा देती है और जिन लोगों ने यह योजना बनाई थी, वे लोग ही इस दौड़ते घोड़े की लात खाकर, इधर-उधर छिटक जाते हैं; घोड़े के नाल-बँधे खुरों की चपेट में उन लोगों के चश्मे और कैलकुलेटर टुकड़े-टुकड़े हो जाते हैं और धूल का ऐसा तूफान उठता है, जो दसों दिशाओं को ढँक लेता है और पंछी-पखेरू उसे आसन्न शाम का संकेत समझकर अपने-अपने घोंसलों में लौट आते हैं। दिन को रात और रात को दिन बनाने का यह जादू, योजना के ही दायरे में आता है। जो कुछ खालिस जादू है, हाथ के करतब हैं या भोजबाज़ी है, उसके पीछे भी वज्र-कठोर योजनाएँ ही काम करती हैं। अपरिकल्पित अलौकिक जैसा कुछ भी संभव नहीं है। इसी नियम को मानकर, कुत्ता-खदेड़ू अभियान में एकाधिक योजनाएँ बनाई गईं।

''अच्छा, हम क्या इस सच्चाई का प्रयोग इंसानों पर नहीं कर सकते? क्यों नहीं कर सकते? इंसान और कुत्तों में स्नायु संबंधी व्यवस्था की अहम खूबियाँ अगर एक जैसी हैं, तो मुझे नहीं लगता कि इंसान को यह अपमानजनक लगेगा। आज जीव-विद्या में हमने जो सीखा है, उसकी पृष्ठभूमि में कोई भी इस तुलना के विरुद्ध आवाज़ नहीं उठा सकता।''

'इवान पेत्रोविच पावलभ'

3

''बार-बार थमते-ठिठकते, बेहद जघन्य गुरिल्ला परिक्रमा के बाद, मुँहअँधेरे, हमें एक जंगल मिला, जिसके आसपास ही, कुत्तों के भौंकने की आवाज़ सुनाई दे रही थी।''

चे गुयेभारा की डायरी!

5 अक्तूबर, 1967

कुत्तों को ख़त्म करने की एकाधिक योजना बनाने के बीच-बीच में छुट्टी के दिन या इतवार के विराम भी शामिल थे, यानी गाड़ी-घोड़े कम होंगे! उस वक्त कुछेक कुत्तों को बेहद बौखलायी मुद्रा में, शहर की विभिन्न दिशाओं में दौड़ते-भागते देखा गया। हालाँकि उनकी रफ़्तार करीबी दौड़ की तरह तेज़ और क्षणस्थायी नहीं थी, बल्कि उनकी दूर-दराज के बहादुर धावकों की मुद्रा थी। वे कुत्ते दौड़-वीर अंदाज़ में कभी तेज़-रफ़्तार, कभी शिथिल-रफ़्तार, कभी बेहद तेज़ रफ़्तार! उस वक्त उन कुत्तों के चेहरों पर किसी क़िस्म की प्रफुल्लता, बौखलाया मिजाज़ या विषाद् का लेशमात्र भी नज़र नहीं आया। वे सब कुत्ते कमोबेश राजपथ, थाना, स्कूल, राजनैतिक पार्टियों के दफ़्तर, क्लब वगैरह से बचते-बचाते, अली-गली, खाली आँगन, बस्तियों की संकरी सड़क, गाड़ियों के तेल-पसीने से भीगी काली मिट्टी का अहाता, जिबह की गई मुर्गियों के पंख और प्याज के छिलके बिखरे हुए हाट-बाज़ारों, अस्पताल के पिछवाड़े की गंदी सड़क, (जहाँ कटे हुए प्लास्टर, खून से सनी रुई और बदरंग बैंडेजों के ढेर में खेलते हुए बच्चों का शोरगुल गूँज रहा था) और राह देखते बूढ़ों के इलाकों से होकर दौड़ते चले जा रहे थे। इन सब जगहों में, वहाँ के कुत्ते अपना-अपना अधिकार क़ायम रखते हुए रहते-सहते थे। गली-मुहल्लों के उन कुत्तों की आँखें, इन तेज़-रफ़्तार कुकुर-दूतों से जा मिलीं; कुछेक पल की चुप्पी का आदान-प्रदान हुआ, लेकिन कोई कलह नहीं हुई। कुत्तों के मामले में ऐसा कभी नहीं होता। कोई भी कुकुर-दल अपने इलाके या अघोषित सीमा में चीन्हे-अचीन्हे, बाहरी कुत्तों के आगमन को हरगिज़ क़बूल नहीं करते। लेकिन तमाम कुत्ते समझ गए थे कलकत्ता अब उन्हें नहीं चाहता।

• योजना प्रस्ताव-1

समय बर्बाद करना उचित नहीं होगा। कुत्तों को गोली मार दी जाए।

• विरुद्ध राय

संभव नहीं है। बुलेट मँहगे होते हैं। दूसरी बात, बंदूक की आवाज़ परिवेश के लिए नुकसानदेह है। तीसरे, इस क़िस्म का अभियान चलाना, रात के वक्त ही संभव है

लेकिन उस वक्त बंदूकधारी नशे की हालत में होते हैं, इसलिए गोली छिटककर कहीं और लग सकती है। चौथे, हमारे कुसंस्कारग्रस्त देश में, बहुत से बंदूकधारी इस काम के लिए शायद राजी न हों।

• योजना प्रस्ताव-2

रात के पहले पहर में जहर-मिला गोश्त छितरा दिया जाए। मुँहअँधेरे, मनुष्येतर प्राणियों की मुर्दागाड़ी भेजकर, लोग-बाग के जागने से पहले, मुर्दे कुत्तों को उठा लिया जाएगा। जो लोग ज़हर बनाते हैं, वे इस योजना के समर्थन में सहयोग के तौर पर, ज़हर मुफ़्त ही दे दें और इसी तरह विभिन्न होटलों, रेस्तराँ और कसाईखानों से बासी-खट्टे मांस का भी जुगाड़ किया जा सकता है। सड़ा हुआ मांस भी मिल जाए, तो चलेगा।

• विरुद्ध राय

प्रस्ताव अच्छा है, मगर इसमें काफी ख़तरा है। वह ज़हरीला गोश्त, सिर्फ कुत्ते ही खाएँगे, यह बात ज़ोर देकर नहीं कही जा सकती। अगर कहीं कुछ उल्टा-पलटा हो गया, तो दुनिया के सामने, कलकत्ता का सिर नीचा हो जाएगा और आलोचकों को आमने-सामने मुँह पर या सीधे-सीधे या बात-बात में काफी कुछ सुनाने का मौका मिल जाएगा। इसके अलावा एक और संभावना को भी उड़ाया नहीं जा सकता। मुफ़्त में हासिल किए हुए ज़हर में अगर मिलावट हुई, तो हमारा प्रयोजन तो हरगिज सिद्ध नहीं होगा, ऊपर से कुत्तों को और ज़्यादा ताकत मिल जाएगी।

• योजना प्रस्ताव-3

कुत्तों को मारने के मामले में हम लोग अगर किसी देश के नक्शे-क़दम का अनुसरण करें, तो हमारे सम्मान-हानि का सवाल, शायद न उठे। जिस देश को सभी लोग विश्व-फुटबॉल का नंबर वन देश जानते-मानते हैं, उसी ब्राजील के अर्थनैतिक इतिहास का एक अध्याय 'ब्राजीलियन पिरैकूल' (1967-1973) के नाम से परिचित है। उस दौरान ब्राजील के गहनों के बड़े-बड़े दुकान मालिकों ने अवसर प्राप्त पुलिस और फौजी लोगों का दल तैयार किया था, जिनका काम था, रात को सड़कों पर सोए हुए भिखारी बच्चों और लड़के-लड़कियों को गोली मार देना। इसके पीछे एक गहरा और सारगर्भित तर्क था। आज जो छोटे-छोटे लुम्पेन यानी छिछोरे हैं, वे लोग ही कल हुड़ार होकर, जबरजंग गुंडे बनेंगे और गहनों की दुकानों पर डकैती करते फिरेंगे। इस 'ब्राजीलियन पिरैकूल' से काफी पहले, रूसी क्रांति के फौरन बाद ही, विन्स्टन चर्चिल ने फरमाया था कि दुनियाभर की बॉलशेविक मुर्गियों के चूज़ों को

खदेड़ते फिरने से बेहतर है अंडों को कुचल डाला जाए। महान लोगों के दिखाए हुए रास्ते पर बढ़ते हुए, हम लोग भी इस मामले पर सोच-विचार कर सकते हैं। कुत्तों के पिल्लों को मार डालने के लिए गोली या ज़हर, किसी भी चीज़ की ज़रूरत नहीं है। कुत्तों की गर्दन मरोड़कर, ढेर सारे कुत्तों को ठूँसकर, उनके थूथने कसकर बाँध दिए जाएं। वियतनाम, अर्जेन्टीना और चिली से इस बारे में प्रेरणा ली जा सकती है। बड़े-बड़े कुत्तों को मारकर, उनकी लाश ठिकाने लगाने में सैकड़ों झमेले हैं। लेकिन अगर कुछ-कुछ दिनों के अंतराल में उनके पिल्लों को मार डाला जाए, तो इनकी संख्या में वृद्धि नहीं होगी। इस मामले में हम लोग बड़े-बड़े कुत्तों की पर्याप्त वयस्क मच्छड़ों से और उनके पिल्लों की तुलना लार्वा यानी मच्छड़ों के बच्चों से कर सकते हैं। अगर इस प्रस्ताव को सुचारू रूप से क्रियान्वित किया जाए तो लोगों को जानकारी होने या अफवाहें फैलने का मौका ही नहीं आएगा।

• विरुद्ध राय

यह प्रस्ताव बेशक सोचने की खुराक जुटाता है। सिर्फ इतना ही नहीं, बीसवीं शती के इतिहास से जिस तरह यहाँ सार्थक सबक़ लिया गया है, वह वाकई चौंकाने लायक है। इससे साबित होता है कि हम लोग सिर्फ देना ही नहीं जानते, लेना भी जानते हैं।

लेकिन खेद की बात यह है कि पिल्लों को उस ढंग से मारने का दायित्व जिन लोगों को सौंपा जाएगा, मुमकिन है, दयावश वे लोग, कुछेक पिल्लों को नहीं मारेंगे। इसका सबूत हमारे पिछले तीस-पैंतीस सालों के इतिहास में ही मौजूद है। विदेश जाने की ज़रूरत नहीं है। इसके अलावा कुत्ते, बिल्लियों जैसे गुप्तचर सुलभ मन-मिज़ाज़ के भले न हों, लेकिन वे भी अपने बच्चों को छिपा देने की कला में माहिर हैं। एक और बात पर संभवतः विचार ही नहीं किया गया। आँखों के सामने, चाहे जिस भी ढंग से हो, अपने बच्चों को मारे जाते देखकर, उनके माँ-बाप चुपचाप सिर्फ देखते रहेंगे, यह सोचने की कोई वजह नहीं है। वे सब विकट चीत्कार कर सकते हैं, और-और कुत्तों के झुंड इकट्ठे कर सकते हैं और यहाँ तक कि बौखलाकर हमलावर भी हो सकते हैं। इसके फलस्वरूप शहर में शब्द और अन्य तरीकों के प्रदूषण बढ़ेंगे और कुत्ते एकदम से मारमुखी हो उठेंगे, लोगों की जान लेने पर उतारू हो जाएँगे। उस हालत पर हम कैसे काबू पाएँगे? कुत्तों से लड़ाई जारी रखने में, अंत में हमें क्या पार्लियामेंटरी फौज उतारनी होगी? हमें यह भी नहीं भूलना चाहिए कि हमें ज़रूरत है सुखी गृह-कोण की, अमुखी गृहयुद्ध की नहीं! इसलिए शुरू-शुरू में साधुवाद ज्ञापित करने के बावजूद, आखिरी विश्लेषण के बाद, यह प्रस्ताव हम ख़ारिज करते हैं। ख़ारिज करने की और भी एक वजह है। इसमें शिशु कुत्तों की

हत्या पर ज़ोर दिया गया है। सारा मामला कैसा तो अजीब लग रहा है! अजीब है या नहीं?

'नैषूकर्मा सिद्धि' में आचार्य श्री सुरेश्वर ने कहा था–

बुद्धाद्वैतसतत्तस्थ यथेष्टाचरणः यदि
शुनाः तत्त्वदृशाः चैव को भेदोहशुचिभक्षणे

(नैः सिः 4/62)

–अद्वैततत्त्व साक्षात्कारकर्ता पुरुष भी अगर यथेष्टाचरण हो तो अपवित्र पदार्थ भक्षण के बारे में तत्त्वज्ञानी और कुत्ते में क्या फर्क़ रह जाता है?

• योजना प्रस्ताव-4

हम लोग ठीक भोज सभा या एकांकी नाटक प्रतियोगिता या सुंदरियों के फैशन परेड के आयोजन के बारे में शायद बातचीत नहीं कर रहे हैं। यहाँ स्पष्ट रूप से दो पक्ष मौजूद हैं। एक पक्ष में हम लोग शामिल हैं, दूसरे पक्ष में कलकत्ते की सड़कों के कुत्ते या जिन्हें लावारिस कुत्ते कहते हैं, वे सब शामिल हैं! यहाँ किंतु-परंतु, टाल-बहाने, दीर्घसूत्रता या दया-प्रदर्शन का कोई सवाल ही नहीं उठता। सीधी-सच्ची बात यह है कि कुत्तों को पकड़ना होगा और उन्हें पकड़कर प्यार-दुलार से नहीं रखना है, बल्कि जान से मार डालना होगा। बस, इतने से ही हाथ धो लेने से नहीं चलेगा। जिस ढंग से हमने हज़ारों-हज़ार कुत्तों की योजना बनाई है, उसमें तो मृतदेह का पहाड़ लग जाएगा। और वह पहाड़ सड़ता-गलता रहेगा। भूकंप के दौरान हमने देखा है कि चूहों के बदन पर जो मक्खियाँ बैठी होती हैं, चूँकि चूहे मर चुके होते हैं, इसलिए वे मक्खियाँ इंसानों को काटने लगती हैं, जिसकी परिणति होती है–प्लेग! सड़े हुए कुत्तों से कौन-सी बीमारी फैलेगी, हम नहीं जानते। जिस महामारी की इंसानों को जानकारी भी न हो, मुमकिन है ऐसी कोई महामारी फैल जाए। इन तमाम बातों पर सोच-विचार करने के बाद, हमारा निम्नलिखित प्रस्ताव है–

(क) युद्धकालीन स्तर पर तैयारी के साथ, हमें इस काम में उतरना होगा। किसने क्या कहा, किसकी नज़रों को क्या लगा, दुनिया क्या सोचेगी, ये सब हल्की-खोखली बातें सोच-सोचकर, वक्त बर्बाद करने में कोई तुक नहीं होती। दया-माया दिखाने के लिए और भी बहुत-सी जगहें हैं। इसके लिए अनाथाश्रम हैं, प्रतिबंदियों का स्कूल है, यौनकर्मियों के बाल-बच्चों की लिखाई-पढ़ाई की समस्या है–आप लोग उन जगहों में अपनी दया-माया दिखाएँ। कुत्तों के मामले में यूँ झीखने-पिनपिनाने का कोई अर्थ नहीं होता।

(ख) हमने देखा है, कुत्तों को संड़सी से पकड़ने का उपयुक्त इंतज़ाम, पहले से ही प्रचलित है। निर्दिष्ट एक-एक इलाकों का अचानक घेराव करके, कंघी-अभियान चलाना होगा।

(ग) कुत्तों को पकड़ लाने और उन्हें ख़त्म करने में व्याधान अगर ज़्यादा हुआ, तो नहीं चलेगा। इसके लिए हम गैस-वैन इस्तेमाल कर सकते हैं, जहाँ सीधे-सीधे इंजन से कार्बन मोनोक्साइड उस वैन में डाला जाता है। लेकिन हम जानते हैं कि कार्बन मोनोक्साइड में अगर इंसान हुआ, तो उसे मरने में लगभग चालीस मिनट लगते हैं। वैसे पिछली शताब्दी के इतिहास ने ही, हमारी आँखों में उँगली डालकर यह दिखा दिया है कि बेहद तेज़ हाइड्रोजन सायनाइड गैस, इस समय को पंद्रह मिनट तक उतार सकता है। वैसे यह भी इंसान द्वारा लगाया गया हिसाब-किताब है।

(घ) इसके बाद, हमारा आखिरी काम! मृत कुत्तों को ठिकाने लगाने का काम! इसके लिए हम आपात् तौर पर कई एक बिजली की चुल्ही तैयार कर सकते हैं, जिन्हें बाद में, और-और कामों में भी इस्तेमाल किया जा सकता है। काम का तीसरा चरण ख़त्म होते ही, फिलहाल हमारा भी काम ख़त्म। कुत्तों के दल द्वारा इस तृतीय चरण पद्धति का अतिक्रमण करते ही, हमारा काम ख़त्म और योजना भी पूरी हो जाएगी।

• विरुद्ध राय

ऐसा हम नहीं कर सकते, क्योंकि यह समूचा मॉडल नाज़ी मृत्यु-शिविर का है, जो हमें बदनामी के अलावा और कुछ नहीं दे सकती। वैसे यह योजना, काफी सोच-विचार कर की गई है और यह कार्यकारी नहीं है, ऐसा भी नहीं कहा जा सकता। जाहिर है कि नाज़ी पर्व में मृत्यु-शिविर के बारे में ही ओने-कोने से बखूबी सोच-विचार किया गया है और त्रेवलिनका, सविवर, बेलज़ेक, असयुत्ज-1 या सेंट्रल और असयुत्ज़-2 यानी विरकेनाउ प्रणाली मुताबिक कुत्ते मारने और जला डालने का पैटर्न रचा गया है। प्रस्ताव लोभनीय होने के बावजूद ग्रहणीय नहीं है और इस प्रसंग में प्रस्तावकों को सूचित किया जाता है कि नाज़ियों जैसे महान् और कुशाग्र योजनाकार भी पहले से सारा कुछ नहीं समझ सके थे। इसकी एक मिसाल ही काफी है। असउत्ज़ (विरकेनाउ) में मुर्दे जलाने की जो चार चुल्लियाँ बनाई गई थीं, उनके निर्माता थे—एरफुर्ते के जे.ए.टफ. एंड संस। इनमें बड़ी दो चुल्लियों में प्रति 24 घंटों में 6500 मुर्दे जलाने की क्षमता थी। वे दोनों चुल्लियाँ 18 महीने तक लगातार चालू रहीं यानी उनके जरिए 18,00,000 मुर्दे जलाए गए। यह भी पूरा-पूरा हिसाब नहीं है। पूरा

हिसाब है, 4 मिलियन या 40,00,000 मुर्दे जलाए गए। बहरहाल, इतने विशाल इंतज़ाम में भी एडल्फ आइसमैन ने जब 4,00,000 हंगेरियन यहूदियों की हत्या की, तब वे चुल्लियाँ भी नाकाम साबित हुईं। चुल्ही की ईंट चिटखने लगी। तब विशेष दहन-खाई खोदी गई, जहाँ कंकरीट की बनी नालियों से इंसान की चर्बी बहायी जाती थी और वह चर्बी, बेलचा से उठा-उठाकर, जलती हुई लाशों पर उँड़ेल दी जाती। यह काम कै़दी ही करते थे। अस्तु, जाहिर है कि सधी योजनाओं में भी सैकड़ों भूलें थीं, जो अकल्पनीय थीं। यह प्रस्ताव ख़ारिज ज़रूर किया जाता है, मगर यह संरक्षण योग्य है।

• विरुद्ध राय (संयोजन के लिए)

प्रसंगवश यह याद दिलाना जरूरी है कि नौजवानों के सोच-विचार को बिल्कुल फालतू समझना उचित नहीं होगा। उपरोक्त प्रस्ताव, विरोधी वक्तव्य के साथ, कमोबेश सहमत होते हुए भी यह सूचित किया जाता है कि 29 साला एस.एस. अफसर, ऑटो पॅल ने अशयुत्ज़ में दहन-खाई की डिज़ाइन तैयार की थी। नालियों से सब इंसानों की खौलती हुई चर्बी बहती थी, तब ऑटो पॅल, उस धार में नन्हे-नन्हे बच्चों को झोंक देता था। यह प्रस्ताव निःसंदेह संरक्षण योग्य है और इसे गुप्त रखना ही बेहतर होगा।

• योजना प्रस्ताव-5

कई प्रस्ताव आए हैं। कहीं विज्ञान के सुकौशल की जय-जयकार है, कहीं एकपक्षीय फौजी मनोभाव है, कहीं भ्रष्ट शताब्दी के इतिहास का यांत्रिक प्रभाव है। हमारा वक्तव्य है, हमें अपनी क्षमता तौलकर ही इंतज़ाम करना होगा। आसमान छूते ख़र्च न हों, इस तरफ भी नज़र रखना ज़रूरी है। हमें यह देखना होगा कि साँप भी मर जाए और लाठी भी न टूटे।

(क) संड़सी से ही कुत्ते पकड़े जाएँ, क्योंकि इसका थोड़ा-बहुत इंतज़ाम हमारे पास है और कम से कम कुछेक तजुर्बेकार कर्मचारी भी हमारे हाथ में हैं।

(ख) कुत्ते मारने के लिए, एक नया पैसा भी ख़र्च नहीं किया जाएगा। ब्रिटिश शासकों ने जो सब पिंजरापोल बनाए थे, उनमें कुत्तों को छोड़ देने से ही चलेगा। खाना या पानी देने का सवाल ही नहीं उठता। कुत्ते सूख-साखकर खुद ही मर जाएँगे। वे सब इस तरह मरते रहेंगे, तो उनकी देह में 'स्नेह' नामक पदार्थ और पानी का अंश घटता जाएगा। ये लाशें अगर सड़ भी गईं, तो भयानक कुछ नहीं होगा। शकुन, चील, कौए—ये सब हैं न! अस्तु, ऐसा नहीं लगता कि उनके कंकाल रूप में बदलने में ज्यादा वक्त लगेगा। इससे ज्यादा प्रभावशाली किसी व्यवस्था की बात वर्तमान समय में हम क्या ऐसा सोच भी सकते हैं?

• **प्रस्ताव के पक्ष में राय**

फिलहाल, इससे बेहतर इंतज़ार, इस पल हम लोग नहीं सोच सकते। पैसा पेड़ में नहीं लगता। देश का हाल भी बेहाल है। इन दिनों कलकत्ता अगर ओलंपिक या विश्वकप फुटबॉल का आयोजन करे, जैसे यह संभव नहीं है, वैसे ही कुत्ते मारने के लिए ऐसी कोई परिकल्पना संभव नहीं है, जो हमारी क्षमता से बाहर है। इसलिए सभी बातों पर विचार करने के बाद, हम योजना प्रस्ताव 5 की सिफारिश करते हैं। इसके बाद ज़रूरी अनुमोदन के लिए, यह प्रस्ताव ऊपरवाले अफसरों को भेजना होगा। ऊपरवाले भी आखिरी निर्णय के संबद्ध अधिकारियों के पास भेजेंगे...

सुनिश्चित उद्देश्य के साथ शहर भर में चक्कर लगाते हुए कुत्तों के बारे में, पहले ही बताया जा चुका है। ताल-छंद मिलाकर, उनके चारों पंजे, पुख्ता सड़क या पक्की जगहों पर पड़ते थे, तब उनके नाखूनों से भी हल्की-हल्की आवाज़ निकलती है। बीच में थम-थमकर ज़रा सुस्ता लेना होता था। ज़रा पानी पीना होता था। उसके बाद खबर समेत दुबारा दौड़ना था, निर्दिष्ट गंतव्य की तरफ। रास्ते में जिन-जिन कुत्तों को ख़बर मिलती जा रही थी, वे भी चुप नहीं बैठते थे।

कुत्ते किस ढंग से अपना अभीष्ट ढूँढ़ निकालते हैं, ऐसी ढेरों सच्ची घटनाएँ हैं, जिनमें जादुई छुअन मौजूद है। पहले महायुद्ध के दौरान, ग्रेट ब्रिटेन के फर्स्ट नार्थ स्टैफोर्डशायर रेजीमेंट का सिपाही, जेम्स ब्राउन, जंग लड़ने फ्रांस गया हुआ था। सन् 1914 का अगस्त। 27 सितंबर को ब्राउन की बीवी ने ख़त लिखकर उसे यह दुःखद ख़बर दी कि उसका प्रिय आयरिश टेरियर-प्रिंस कहीं गुम हो गया है, बहुत खोजने पर भी नहीं मिला। ब्राउन ने अपनी बीवी को जवाबी ख़त लिखा, "बड़े अफसोस की बात है कि तुम प्रिंस को ढूँढ़ नहीं पाई। ख़ैर, वह तुम्हें मिलता भी नहीं, क्योंकि वह मेरे ही पास है।" मतलब प्रिंस इंगलैंड के दक्षिण में पूरे 200 मील का रास्ता तय करके आगे-आगे चलता गया, किसी तरह इंगलिश चैनल भी पार कर गया और युद्ध में टूटे-फूटे फ्रांस का 60 मील लाँघकर, किसी तरह आर्मेन्तियर के एक ट्रेंच में, उसने अपने प्रभु को आखिर खोज ही निकाला।

4

अलौकिक भिक्षापात्र की तरह चाँद,
दाँतों में दबोचे हुए, दौड़ता है रात का कुक्कुर!

कान उग आने के बाद, कनजोड़ी ने रहने की पुरानी जगह छोड़कर, बड़ी

सड़क पर गंदे कचरे के बड़े-से घूरेदान के पास, अपना बसेरा चुन लिया। कुछ दिनों में जब कचरे का पहाड़ जम जाता था, तब बड़ी-बड़ी लॉरियाँ आती थीं। उनमें सारा कचरा भरकर धापा में चला जाता था। चूँकि वह जगह बेहद गंदी थी सो बिल्ली, कुत्ते और कौओं के अलावा, वहाँ शायद ही कोई फटकता हो। लेकिन वहाँ, दाहिनी तरफ, करीब बीस हाथ की दूरी पर, एक अदद टूटा-फूटा, ख़ारिज पेशाबख़ाना था, जिसके इर्द-गिर्द इतनी लता-गुल्म और कंटीले पौधों का झंखाड़ उग आया था कि वहाँ कोई पैर भी नहीं रख पाता था। उस टूटे-फूटे पेशाबखाने की छत पर, बहुत दिनों पहले, कोई पागल, साइकिल-रिक्शे के पर्दे की फटी-चीथड़ी पॉलिथीन में लिपटा एक अदद तकिया रख गया था, लेकिन कभी वापस लेने नहीं लौटा। वैसे भी, कोई चीज़ फेंकी नहीं जाती, किसी न किसी काम आ ही जाती थी। हवा का झोंका पॉलिथीन उड़ा ले गया। वह तकिया बारिशों में भीगता रहा, धूप में सूखता भी रहा। जब वह तकिया सूखा होता, उस पर एक अदद, अकेली बिल्ली सोती रहती थी। कनजोड़ी के साथ उसकी दोस्ती न सही, कम से कम झगड़ा नहीं था। दोपहर के अंतिम पहर में एक क़िस्म का जादू होता था, जब निरीह बिल्लियाँ सो जाती थीं। नींद खुलने के बाद, वह बिल्ली अपने दोनों पंजे झुलाए-झुलाए, बेहद तटस्थ भाव से, नीचे के नज़ारे देखा करती थी। उसने देखा, कनजोड़ी या तो गंदगी छाँट रही होती या कुछ न कुछ चबा-चबाकर खा-पी रही होती। यहाँ और-और कुत्ते भी आते थे, लेकिन वे सब आस-पास के ही कुत्ते थे। वे कुत्ते जैसे आते थे, वैसे चले भी जाते थे। अकेली कनजोड़ी ही यहीं रह जाती थी, क्योंकि वह एसिड में अपने कान गल जाने की बात भूली नहीं थी, बल्कि कहीं आइने की तरह शफ्फ़ाक पानी जमा हो या कोई चमचमाती गाड़ी की बॉडी में, कभी-कभी अपना उगा हुआ कान निहार लेती थी। एक दिन शाम को कहीं आस-पास टहलकर अपने ठिकाने लौटकर उसने देखा, कोई थर्मोकोल का डिब्बा फेंक गया था और उसी की तरह काले रंग का, झूलते हुए कानोंवाला, विलायती कुत्ता, उस डिब्बे पर जमा बैठा था। हाँ, पंजे पर तो नहीं, सीने पर सफेद नदी! उस पर नज़र पड़ते ही, कनजोड़ी ने हल्के-हल्के दाँत पीसे, लेकिन उस कुत्ते ने उसे ख़ास तवज्जोह नहीं दी। वह कुत्ता, एक तो मुहल्ले का लावारिस कुत्ता नहीं था, उस पर से आसपास के किसी मकान का पालतू भी नहीं था। अगर वह कहीं आसपास का होता, तो कनजोड़ी को ठीक पता चल जाता।

कनजोड़ी ने उससे पूछा, "कौन है तू?"

"मैं चाहे जो भी होऊँ, तेरी तरह लावारिस नहीं हूँ। और यह क्या? न कोई बात, न चीत, शुरू में ही यह तू-तुकारी? जाहिल-जंगली क्या यूँ ही कहते हैं?"

"ठीक है! ठीक है! यह मेरी जगह है! यहाँ अगर आस्ताना गाड़ा, तो मैं बर्दाश्त नहीं करूँगी।"

''क्या कर लेगी? काटेगी? गुर्राकर डराएगी?''

''ना–''

''तब क्या करेगी?''

''मुझे कुछ करने की ज़रूरत नहीं पड़ेगी। तू जिसका पालतू है, वही तुझे घर ले जाएँगे, टेंटुआ पकड़कर!''

''हुँह; वे लोग ही मुझे गाड़ी में बिठाकर, कई-कई चक्कर खिलाकर, मेरा दिशा-ज्ञान भुलाकर, यहाँ छोड़ गए। मुझे खोजकर ले जाएगी उनकी बला!''

''मतलब?''

''मतलब समझने जितनी बुद्धि है तेरे पास? अरे, अब बुढ़ा गया हूँ। पहले जैसा बाँका-चुस्त नहीं रहा। अब वजह-बेवजह नींद आने लगती है। पड़ा-पड़ा सोता रहता था। सो, अब वे मुझे नहीं रखेंगे। वैसे, अगर मैं चाहता, तो लौटकर वहाँ जा सकता था।''

''समझ गई। लेकिन इत्ता बड़ा शहर–कलकत्ता! तू मेरे आस्ताने में मरने क्यों चला आया?''

''क्यों आया, कम से कम तू तो समझ ही सकती है! यह जगह अभी भी ज़रा खाली-खाली है। बिल्कुल इसी वक्त, उन लोगों की निगाह मुझ पर नहीं पड़ेगी। वैसे, कुछ कहा नहीं जा सकता...''

''कौन लोग?''

''कलकत्ते में आजकल कुत्ते धरे जा रहे हैं, तुझे पता नहीं है?''

वो पेशाबखाने की छत से उस बिलैय्या ने कहा।

''अच्छा, बिल्लियाँ भी धरी जा रही हैं?''

''अभी तक तो नहीं। लेकिन कुत्तों के बाद, जाहिर है, बिल्लियों पर भी नज़र पड़ेगी। वो जो कहते हैं न, कुत्ता-बिल्ली!''

''मेरा नाम कनजोड़ी है।''

''कनजोड़ी? चलो, ठीक है।''

'तेरा नाम?'

'मेरा नाम है–जिप्सी!''

''ये लोग कुत्तों को पकड़कर करते क्या हैं?''

''पिंजरापोल ले जाते हैं।''

''उसके बाद?''

''उसके बाद क्या? खिलाये-पिलाये बिना, सुखा-सुखाकर मार डालते हैं। उत्तर में बहुत सारे कुत्ते पकड़े गए हैं। मैं भी तो वहीं से आ रहा हूँ। लेकिन...ये कौए जो ख़बर उड़ा रहे हैं, वह बिल्कुल भी अच्छी नहीं है।''

"मसलन?"

"कह रहे हैं, कुत्ते पकड़नेवाली पुरानी, जंग लगी गाड़ी का नए सिरे से रंग-रोगन करके, फिर से झलाई मारकर, दुबारा, फिटफाट कर रहे हैं। कुत्ते पकड़नेवाली ढेर-ढेर बेकाम संड़सी का पहाड़ लगा हुआ है। उनको झाड़-पोंछकर, उसमें दुबारा तेल-पानी ढालकर फिर से नया कर रहे हैं।"

"लेकिन, उत्तर से भागकर तुम कहाँ गए?"

"आड़े-तिरछे आता, तो चौरंगी पहुँच जाता। सियालदह से होते हुए मैंने रेललाइन पकड़ ली। रेललाइन में बिछे कंकड़-पत्थरों से मेरा पैर भी कट गया है। ज़रा-ज़रा देर में रेलगाड़ियाँ गुज़र रही थीं, लेकिन मैं नहीं रुका। अब यहाँ, मुझे देख ही रही है! अब देखना, और-और भी पहुँचनेवाले हैं।"

"कौओं ने क्या यह भी बता दिया है?"

"नहीं, यह मैंने अपनी आँखों से देखा है! कानों से सुना है। यहाँ से बीस मिनट दौड़कर जाओ, तो एक बाज़ार पड़ता है न?"

"हाँ, वहाँ मछलियों के काँटे मिलते हैं।"

"मिलते होंगे। वहाँ, बाज़ार के बाहर चाय-बिस्कुट की तीन-चार बड़ी-बड़ी दुकानें हैं न?"

"हाँ, हैं न!"

"वहाँ तीन कुत्ते आपस में बतिया रहे थे कि अब वे लोग इधर की तरफ खिसक आएँगे। लेकिन दल बाँधकर नहीं, एक-एक करके! तब किसी की नज़र नहीं पड़ेगी।"

"ऐसा पहले भी कभी हुआ है?"

"हाँ, हुआ तो है, मगर इतने बड़े पैमाने पर नहीं। गर्मी के मौसम में कुत्ते ज़रा पिनके रहते हैं! खासे खौखियाये रहते हैं। ऐसे में दो-चार धर लिये जाते थे। इस बार चुनने-बटोरने की कोई बला नहीं है। बस, कुत्ता है, तो धर लिया गया। हत्थे चढ़ा नहीं कि खटाक्।"

"उफ! संड़सी?" कनजोड़ी की गर्दन और पीठ में एकदम से कंपकंपी दौड़ गई।

"सिर्फ क्या इतना ही? संड़सी से दबोचकर, खींचते-घसीटते पिंजड़ा-गाड़ी तक ले जाएँगे। उसके बाद, अंदर उछाल देंगे। ऐसे ही कुत्तों को ठूँसते-ठूँसते, जब गाड़ी में तिल भर भी जगह नहीं रहेगी, तब सीधे पिंजरा पोल!"

अभी उनकी बातचीत चल ही रही थी कि हवा का एक तेज़ झोंका आया, जिसे अगर ज़रा और भड़का दिया जाता, तो वह छोटा-मोटा तूफान बन जाता। उन दोनों ने नज़रें उठाकर, ऊपर की तरफ देखा।

बिल्ली से पूछा, ''क्या हो रहा है? आया कुछ समझ में?''

''तूफानी हवा चल रही है।''

''ढेंगा चल रहा है! अरे, बीस-तीस मंज़िले के ऊपर से छाया-कुत्ते दौड़ लगा रहे हैं। क्यों दौड़ लगा रहे हैं, यह नहीं पता। लेकिन जबसे पैदा हुई, यही सुनती आई हूँ कि यह सब लक्षण ठीक नहीं है।''

''हमें तो कुछ भी नज़र नहीं आ रहा है।''

''नज़र आएगा! ज़रा कोशिश करो, ज़रूर नजर आ जाएगा। असल में तुम लोग देखना भूल गए हो, इसीलिए...। याद करो, दुबारा याद आ जाएगा।''

छाया--कुत्ते तो जाने कब के मर-बिला गए। कोई विकराल विपदा आ पड़े, तो वे कुत्ते बादलों की आड़ उतार फेंकते हैं। सराय के हाउंड की तरह तेज़-तेज़ कुदक्कड़ी मारकर दौड़ते चले जाते हैं। उनके पंजों की टाप से छाया-शहर, छाया-अट्टालिका, छाया-राजपथ थरथर काँपने लगते हैं। उनके सामने के दोनों पंजे, जब एक साथ लहरकर उतरते हैं तो विकराल लहर का रूप धर लेते हैं, जलती हुई आग में बुदबुदे और तरल आग झलक उठती है, ऐसे में उनके पिछले दोनों पंजे छाया-मरु में ठोकर मार-मारकर रेत उड़ाने लगते हैं। उनकी गुर्राहट बेहद गुरु-गंभीर होती है। कभी-कभी जंगी-विमानों के चालकों ने देखा है कि उनके मैक-2 या अधिकांश शक्तिमान विमानों को अपेक्षा से पीछे छोड़कर, समूचे आसमान को ढंके हुए, झुंड-झुंड कुत्तों का दल दौड़ता चला जा रहा है। किसी किसी का कहना है कि काल-ज्योत्सना में छाया-कुत्ते चन्द्र-खरगोश का शिकार करने निकलते हैं। लेकिन इस बारे में अलग-अलग राय है। हालाँकि कोई बंदा छाया-कुत्तों के अन्तरिक्ष पार करने को मामूली बात नहीं समझते। इन छाया-कुत्तों का दल-नामक होता है, एक दिव्य-पवित्र कुत्ता। उसका नाम है, लाइका! कुकुर उपकथा 'लुब्धक' अपने चारों पंजों पर नतसिर होकर, लाइका को प्रणाम करता है।

तूफानी हवा के झकोरे थमते ही, कनजोड़ी ने कहा, ''यानी तुम्हारे कहने का मतलब है, कुछ न कुछ होनेवाला है?''

''हाँ, सो तो होना ही है। होगा नहीं, हो रहा है।''

''रात के वक्त भी क्या पकड़ने आ सकते हैं?''

''नहीं, अभी भी उनको यह बुद्धि नहीं सूझी है। उस पर से, डरते भी हैं। सारे के सारे कुत्ते तो संड़सी के राक्षस-मुँह में अपनी गर्दन नहीं फँसा देंगे, बल्कि पूरे दम से लड़ जाएँगे।''

''खैर, लड़ेंगे तो सही। गनीमत है, तुम आ गए। तभी तो सारा हाल-समाचार मालूम हुआ। मैं तो एक कोने में पड़ी हूँ। किसी से मिलती-जुलती भी नहीं। वह बिल्ली ही कभी-कभार एकाध ख़बर लाकर देती है। अभी पाँच दिन पहले ही उसने

ख़बर दी कि आगे एक मरा हुआ चमगादड़ देखा है।''

''तो–?''

''चमगादड़ की शक्ल-सूरत काफी कुछ कुत्तों से मिलती-जुलती थी। इस बारे में तुम्हें कोई जानकारी है?''

''ना! मैंने तो चमगादड़ों को उड़ते हुए देखा है। यहाँ चमगादड़-बाग के नाम से एक जगह भी है, तुम्हें पता है?''

''वहाँ क्या सिर्फ चमगादड़ ही रहते हैं?''

''धत्! किसी पुराने ज़माने में रहे हों तो रहे हों, अब वहाँ एकाध चमगादड़ भी बसता हो, मुझे इसमें शक़ है। अब, मुझे नींद आ रही है, भई!''

''सोओगे? लेकिन इससे पहले, एक बात बताओगे?''

''क्या?''

''फर्ज़ करो, वे लोग हमें दिन में पकड़ने आ धमकें, तब हम क्या करेंगे?''

जिप्सी कोई जवाब दे, इससे पहले बिल्ली ही टपक पड़ी, ''मैं बताऊँ?''

''हाँ, बताओ।''

''इस टूटे पेशाबखाने की दीवार के पीछे एक खाली फोकट है। खासा बड़ा है! वहाँ झाड़-झंखाड़ उग आए हैं, इसलिए अंदाज़ा नहीं लगता। तुम लोग वहाँ घुसकर बैठ जाना। किसी के बूते की बात नहीं, तुम लोगों को ढूँढ़ निकाले।''

कनजोड़ी ने कहा, ''हाँ, जा तो सकते हैं, मगर वहाँ बर्रों का छत्ता है।''

''है नहीं था! बर्रे तो कभी के उड़-उड़ा गये। अब तो सिर्फ छत्ता भर रह गया है।''

''तब तो सारा झमेला ही ख़त्म।''

इतना कहकर कनजोड़ी ने जिप्सी की तरफ देखा। जिप्सी तब तक गहरी नींद में गुम हो चुका था। सिर्फ यही नहीं, कोई सपना भी देख रहा था, क्योंकि उसकी समूची देह रह-रहकर हल्के-हल्के काँप उठती थी। उसके सामने के दोनों पंजे भी कभी-कभी हिल-डुल रहे थे। जिप्सी को सोया हुआ देखकर, कनजोड़ी ने भी सोचा कि ज़रा देर लेट लेना बुरा नहीं होगा।

मत मारें कुत्तों को, सुनें विप्रवर!
सुनकर आया विप्र को गुस्सा बढ़कर
हाथ में दंड लिये, उसने राजा को प्रतिज्ञा सुनाई
कुत्तों को मिलेगी ना, अब मुझसे रिहाई
पुण्यहीन कुत्तों को अब नहीं परिमाण
पुण्य बिना, स्वर्ग में न स्थान, मतिमान्!

उस वक्त 3 नंबर पिंजरापोल में विकट तांडव मचा था। कुत्तों का कूँ-कूँ लहजे में और ज़ोर-ज़ोर से भूँकने-गरजने का प्रचंड शोर! प्रतिउत्तर में सूखी-फँसी चिंचियाहट, दबे-दबे गुस्से से गुर्राहट! सब मिलाकर, महा-एकतान! इसी दौरान एक-दूसरे को नोंचना-खसोटना, जगह दख़ल करने की कोशिश, सूखती हुई देह में भयंकर प्यास और पाँव तले रेत मिले कंकड़-पत्थर, जो अभी भी ठंड़े-सर्द नहीं हुए थे और मिट्टी फोड़कर यहाँ-वहाँ पसली, मुंड, सूखे खुर या सींग बिखरे हुए नज़र आ रहे थे। पिछले दिन जिन कुत्तों को पकड़कर लाया गया था, वे सब दिन भर कड़ी धूप में झुलसकर बुझ आए थे; कोई बेहोशी में डूब गया था। अब वे इस इंतज़ार में थे कि निर्धारित प्रक्रिया के अंतिम चरण में प्रवेश करेंगे और कोई-कोई निर्वाक्, शांत! उनके कान तक नहीं हिल रहे थे; जिसका मतलब उन लोगों ने असहाय लाचारी की शिक्षा क़बूल कर ली है। उनके चेहरे-नाक में रेत भरी हुई थी। उनमें एक कुत्ता ऐसा भी था, जो बहुत दिनों पहले किसी टैक्सी तले कुचल गया था और अर्से से पंगु था। उसके पिछले दोनों पैर बेकाम हो चुके थे। वह सामने के दोनों पंजों के बल, घिसट-घिसटकर चलता था। इसके अलावा कई-कई बूढ़े कुत्ते भी थे, जो अनगिनत युद्धों और समझौतों के साक्षी थे। उन बूढ़े कुत्तों के समूचे तन-बदन पर पुराने घावों के निशान। वे सब जिस मुद्रा में मुँह के बल ज़मीन पर बेजान-निश्चल पड़े थे, ऐसा लग रहा था मानो मृतप्राय मगरमच्छ हों या प्राचीन-मुर्दा डायनोसर युग के कीट-पतंग हों। दिनभर कूँ-कूँ की टेर लगाते हुए, हाँफते-काँपते शिशु-कुत्ते एकदम से मुर्दा हो गए थे। माँ-कुतिया उन सबको अपनी सूखी जुबान से चाट-चाटकर आर्द्रता देने में जुटी हुई थी या असहाय लाचारी में बेवजह इधर-उधर दौड़-भाग मचाये हुए थी। मरने के बाद भी उसके बच्चे नींद में शरारत कर रहे हैं, यह सोचकर माँ-कुतिया मोहांध हुई जा रही थी। लेकिन यह मोह ही सबकी मौत का पहला चरण था। लो, देखो, बच्चे सांस तो ले रहे हैं; उनकी नन्ही-नन्ही छाती धड़क तो रही है; उनकी उठती-गिरती सांसों का स्पन्दन सुनायी तो दे रहा है, जो जरायु के दौरान पहली क्षीण कंपन के रूप में नज़र आयी थी।

इन मृत, मृतप्राय या अर्धमृत के मुक़ाबले, आज जो कुत्ते आए थे, वे सब स्वाभाविक वजह से ही ज़्यादातर सजीव और सस्वर थे। लेकिन मुर्दों के साथ रहकर मौत का चुम्बकीय चोर-सर्द खिंचाव, न चाहते हुए भी महसूस करना पड़ता था और उन सकबी नस-नस में, बेहद धीमी लय में अवश संगीत की तरह बिखर जाता था—आत्मसमर्पण!

जब छाया-कुत्ते दौड़ रहे थे, उस वक्त यहाँ भी बालू और कंकड़-पत्थर पर, धूल की एक आँधी उठी थी, लेकिन अब वह जगह मरे हुए शिशु-कुत्तों के नरम-मुलायम रोम से ढंकी देह पर जम जाती थी। धूल की यह चादर ढँक जाने या गहराई में

चले जाने की एक तैयारी होती थी। 65 मिलियन साल पहले इसी तरह डायनोसरस पर धूल जमने लगी थी, जिसमें इरीडियम भी था। यह इरीडियम महाकाश से भेजे गए उल्का-पिंड के अंदर भरा हुआ था। महा-संहार का यह अस्त्र किसने भेजा था? इससे पहले भी प्रलय के स्पर्श से इस दुनिया में बार-बार प्राणहानि होती रही थी; जानें ख़त्म होती रही थीं। 850, 350, 225 और 190 मिलियन साल पहले भी यह अभिशाप बरसा था। क्यों? इस मरण-उत्सव की वजह क्या थी? सप्तर्षिमंडल के प्रश्नचिह्नों से ढंके सर्कस के एरेना की तरह, पिंजरापोल की गोलाकार फर्श पर खड़े होते ही कलकत्ता का आसमान नज़र आता है।

विशाल टाटा सूमो आकर खड़ी होते ही, प्रायः एक साथ ही कनजोड़ी और जिप्सी की नींद टूट गई। गाड़ी रोककर, ड्राइवर पेशाब करने उतरा। गाड़ी के अंदर एफ एम रेडियो पर समाचार चल रहा था–

"आज चार सौ अड़तालिस कुत्तों को पकड़ा गया। इन्हें मिलाकर कुल प्रायः साढ़े सात सौ कुत्तों को पकड़ना संभव हो पाया है। संबद्ध कार्यालय के एक प्रवक्ता ने बताया कि आंकड़ा फाटक के करीब, चंद दुष्ट कुत्तों ने धर-पकड़ के काम में रुकावट डाली और मनमाने ढंग से ईंट-कंकड़, पथराव किया। स्थिति को क़ाबू में लाने के लिए, उस इलाके में पुलिस को उतारना पड़ा और बहुत बड़ी संख्या में दुष्ट कुत्तों को गिरफ़्तार किया गया। प्रवक्ता ने यह भी बताया कि कल से कुत्ते पकड़ते समय, शांति-सुरक्षा के लिए, सशस्त्र पुलिस और रैफ मौजूद रहेगी। यह भी फैसला किया गया है कि बच्चे जिस वक्त स्कूल में होते हैं, उसी वक्त कुत्ते पकड़ने का अभियान ज़ोरदार किया जाएगा। इस मामले में सरकार ने बाल-मनोविज्ञान विशेषज्ञों की राय मान ली है कि अपनी आँखों के सामने, संड़सी से कुत्ते पकड़ते हुए देखकर, बच्चों के कोमल-नाजुक मन पर विपरीत असर पड़ सकता है। आप लोग कलकत्ता आकाशवाणी के एफ एम चैनल से समाचार सुन रहे हैं।"

"प्रतिरक्षा कार्यालय से सूचना दी गई है कि एक अनजाना विदेशी विमान, आज भारत की सीमा लाँघकर अंदर घुस आया। भारतीय जंगी विमान ने उस विदेशी विमान का पीछा किया..."

टाटा सूमो चले जाने के बाद, कनजोड़ी ने लंबी उसाँस भरकर पूछा, "हम लोग क्या कुछ भी नहीं कर सकते? हमें क्या यूँ ही मरना होगा?"

"क़िस्मत में यही बदा है, तो मरना ही होगा। अब क्या उपाय? साढ़े सात सौ का झुंड अभी और बढ़ेगा। बहुत ज़्यादा बढ़ेगा। तकदीर में अगर पिंजरापोल जाकर, हाँफते-काँपते मरना लिखा है, तो यही होगा। हम भला इसे टाल सकते हैं? नियति को कोई भी नहीं टाल सकता। न कुत्ते, न इंसान, न और कोई।"

"तुम तकदीर मानते हो?"

मानने के अलावा और उपाय भी क्या है? छुटपन में, जब मेरी उम्र तीन हफ़्ते की थी, तब कालू भइया और मैं, हाथीबगान में बेच दिए गए। वहाँ से टैक्सी में सवार होकर बहू बाज़ार आया। अब घर में मेरे लिए डॉक्टर आता था। मैं एक बार गिर पड़ा था, हिल-डुल भी नहीं सकता था। तब मुझे बेलगछिया के जानवरों के अस्पताल में ले गए थे। मैं रोज दूध पीता था, गोश्त की तलछट खाता था। चॉकलेट, आइसक्रीम–क्या नहीं खाता था! और आज? कचरे के घूरे पर बैठे-बैठे बिलैया का लेक्चर सुनना पड़ रहा है। इतने सबके बाद भी, तकदीर को न मानूँ?''

ज़ाहिर है, बिल्ली नाराज हो गई।

अँधेरे में अपनी आँखों के चकमक पत्थर चमकाते हुए, आगे फूत्कार कर कहा, ''मैंने तो भले-भले छिपने की जगह बतायी। सुना है, कुत्ते अहसानमंद होते हैं, अहसान मानना जानते हैं और बिल्लियाँ हद अहसानफरामोश होती हैं। लेकिन, अब समझ में आया कि कौन, क्या है।''

''अरे, भई, जुबान से फिसल गया। मैंने तो यूँ ही कह दिया। असल में, मेरा मतलब दूसरी-दूसरी बिल्लियों से था। तुम ही क्या अकेली बिल्ली हो? शहर में कितनी-कितनी बिल्लियाँ हैं...''

''होंगी! लेकिन यहाँ मैं अकेली बिल्ली हूँ! इसलिए बिल्लियों के नाम कुछ कहा गया, तो जाहिर है, मुझे ही चोट लगेगी।''

''अरे, भई, माफी दे दो! अब खुश? असल में घर-द्वार कुछ है नहीं, अपना कहने को भी कोई नहीं, सो कहना कुछ और चाहता हूँ, मुँह से निकल कुछ और जाता है। अब यूँ जुबान पकड़ने से चलता है भला?''

हल्की-फुल्की तकरार, हुम् से थम गई, क्योंकि कुछ ही दूर पर, बम का भयंकर धमाका सुनाई दिया और लमहे भर के लिए, अँधेरा रौशन हो उठा, मानो किसी की तस्वीर क्लिक की गई हो। बम का धमाका ख़त्म होते न होते कुछेक हल्की-फुल्की आवाज़ें! गोलियों की आवाज़ें।

''लो, शुरू हो गया...'' बिल्ली ने कहा।

''किसके साथ किसका?''

''इतना ही जानती, तो क्या बिल्ली बनकर जन्म लेती?''

अचानक कनजोड़ी बोल उठी, ''नहीं, नहीं, एक ख़बर जरूर आएगी।''

''कैसी ख़बर?''

''है एक ख़बर! हम सबकी ख़बर! कुत्तों की ख़बर! मेरा मन कहता है, कोई न कोई ख़बर ज़रूर आएगी।''

''अच्छी ख़बर या बुरी?''

''यह तो नहीं बता सकती, मगर एक ख़बर, बस, आने ही वाली है। ख़बर आएगी ज़रूर!''

5

पहला विमान हमला कर गया जाड़ा
वसन्त की बात या ख्याल, अभी दूर
सड़कों पर मानचित्र बनकर लेटे हैं,
चंद थके-हारे कुत्ते!

कनजोड़ी ने ग़लत नहीं कहा था। शहर में इस छोर से उस छोर तक दौड़ लगाते हुए व्यस्त कुत्तों के बारे में पहले ही बताया जा चुका है। पहले (असल में दूसरे) हावड़ा ब्रिज के पार से, आया था वह! उसका नाम, बादामी! कनजोड़ी और जिप्सी ने दूर से ही देखा, एक हैरान-परेशान, बौखलाया हुआ कुत्ता इधर ही आ रहा था। उसके रोम-रोम में डीज़ल के धुँए की गंध! आँखें भींगी हुईं। ना, वे आँसू नहीं थे। धुँए का हमला रोकने का इंतज़ाम था। नाम के साथ रंग का मेल होने के बावजूद, उसकी आँखें कुछ-कुछ गुलाबी थीं, इसलिए बहुतों को यह भ्रम हो सकता था कि बादामी खासे गुस्सैल स्वभाव का है, लेकिन इससे बढ़कर और कोई ग़लतफहमी नहीं हो सकती।

बादामी ने आते ही हाँफते-हाँफते पूछा, "मुझसे पहले यहाँ कोई आया था?"

"नहीं तो।"

"आने की बात तो थी। तब वह जरूर बीच रास्ते में पकड़ा गया होगा या हो सकता है, किसी गाड़ी-वाड़ी के नीचे आ गया हो। ज़रा पानी पी लूँ प्यास लगी है।"

"उल्टी तरफ जो मकान देख रहे हो, वहाँ बगीचे के पेड़-पौधों को पानी देने के लिए एक पाइप है। इस वक्त खुली पड़ी है। पानी गेट से बाहर तक बह रहा है। जाओ पी आओ।"

बादामी ने दाहिने-बांयें देखकर रास्ता पार किया और पानी पीने पहुंच गया।

"अच्छा, लोग अचानक हम लोगों के पीछे क्यों पड़ गए हैं, बता सकते हो? हम सब क्या बहुत झमेला मचाए हुए थे?"

"यही तो समझ में नहीं आ रहा है। मुझे तो कभी-कभी लगता है कि अनजाने में ही हम सबसे अचानक कोई कसूर हो गया है। इसीलिए वे लोग इतने क्षमाहीन हो उठे हैं।"

"असल में, कलकत्ता को वे लोग जिस ढंग से सजाना चाहते हैं, उसमें हम सब काफी बेमेल हैं।"

"चलो, मान लिया कि हम बेमेल हैं। लेकिन इससे पहले सवाल यह उठता है कि कलकत्ता क्या सिर्फ उनका है? यह अचानक उन लोगों के अलावा, बाकी लोग फालतू हो गए?"

‘‘वैसे रह-रहकर मुझे और भी एक ख़्याल आता है। मतलब, एक बात मुझे बेहद परेशान कर रही है...’’

‘‘कौन-सी बात?’’

‘‘असल में मामला शायद कुछ भी नहीं है। ऐसा भी तो हो सकता है कि वे लोग यह कोशिश कर रहे हों कि हम सब अपने ढंग से, और इंतज़ाम से, और अच्छी तरह रह सकें। हो सकता है...यह भी तो हो सकता है कि हमारे लिए कोई चिड़ियाखाना बनाना चाहते हों वे लोग। जहाँ हमें अच्छा-अच्छा खाना देंगे, बीमार पड़े तो डॉक्टर देखभाल करेंगे। कितना कुछ तो हो सकता है...’’

बादामी पानी पीकर लौट आया। उसकी मूँछ और काली-काली नाक पर बूँद-बूँद पानी लगा हुआ था।

‘‘तुम लोगों की बात सुनकर, मुझे एक कहानी याद आ रही है। बकरी का एक बच्चा ताली बजा-बजाकर नाच रहा था–‘क्या मज़ा! क्या मज़ा! सरस्वती पूजा आ पहुँची! क्या मज़ा!’ उसकी माँ ने उसे डाँट लगायी, ‘पहले काली पूजा तो गुज़र जाने दे, उसके बाद सरस्वती पूजा की आस लगाना।’ तुम लोगों का हाल भी बकरी के उस बच्चे की तरह है। किस वजह से क्या हो रहा है, हम सोच-सोचकर भी पार नहीं पा सकते। इसलिए सात-पाँच सोचने में वक्त बर्बाद मत करो। मैं जो कहता हूँ, सुनो। अभी मुझे और भी बहुत-सी जगह जाना है।’’

‘‘हाँ, बताओ...’’

‘‘एक बात हमेशा याद रखना। वे लोग अपने ढंग से जाल बिछा रहे हैं। हमारी वह कुव्वत नहीं है। इसलिए हमें अपना इंतज़ाम खुद करना होगा। हमारे हाथ में ज़्यादा वक्त नहीं है।’’

‘‘हाँ, बताओ न! पिंजरापोल में सूखे-भूखे न मरें, इसके लिए हम कुछ भी करने को राजी हैं।’’

‘‘तू कौन है?’’

‘‘मैं जिप्सी हूँ।’’

‘‘और मैं कनजोड़ी हूँ।’’

‘‘फिलहाल हमारा एकमात्र काम है, जहाँ वे लोग फट् से हमला न बोल दें, दल बाँधकर ऐसी जगह पर छिपना होगा। उसके बाद, चल देना होगा।’’

‘‘कहाँ?’’

‘‘अभी इतनी बात नहीं की जा सकती। तुम लोगों का यह रास्ता जहाँ ख़त्म हुआ है। वहाँ एक बस गुमटी है! पहचानता है?’’

‘‘पहचानूँगा क्यों नहीं? लेकिन, अब वहाँ से बसें नहीं छूटतीं! पहले वहीं से छूटती थीं...’’

"ठीक! ठीक! अभी गुमटी की उल्टी तरफ एक अधखुला दरवाजा है। वहाँ जी. ई. एस. जी. के ट्रांसफॉर्मर वाला कमरा है..."

"हाँ, हाँ, उसी में तो एक बार आग लगी थी। दो-दो दमकल आई थीं..."

"सुन, मेरी बात! शाम ढलते ही, उसमें घुस जाना। ख़बरदार, मशीन-वशीन को हाथ मत लगाना। बिल्कुल पीछे चले जाना। कम से कम चालीस कुक्कुर वहाँ छिपने आ पहुँचेंगे, देख लेना! फिलहाल इतना ही! बाद की बातें, बाद में! बस, एक काम ज़रूर करना, हो तो कुछ खाना-पीना ज़रूर ले जाना। ख़बरदार, आवाज़ बिल्कुल मत करना। हाँ, बच्चों को लेकर ज़रूर झमेला है। जहाँ तक हो सके, उन सबको चुप रखना होगा।"

"चलो, इतना कर लेंगे। लेकिन, उसके बाद?"

"कहा न, बाद की बात, बाद में। बस, इतना जान लो कि खाना होने से पहले हुकुम आएगा। और, सुन, यहाँ खाली-सुनसान रास्ते पर कछुए की तरह बैठे न रहना। गाड़ी से अगर नज़र पड़ गई, तो देखते ही उतर पड़ेंगे और एकदम से टूट पड़ेंगे।"

"अब तुम कहाँ जाओगे?"

"हल्ला-दूत बनकर, जगह-जगह ख़बर देने के लिए, अभी काफी दौड़ना है! आज रात है, ज़्यादातर कुत्तों के छिपने का इंतज़ाम करना होगा।"

"जाने से पहले, एक बात बताओगे?"

"क्या?"

"छाया-कुकुर क्या सचमुच होते हैं?"

"तुझे क्या लगता है?"

"हमें तो यह मामला समझ ही नहीं आता। वह तो उस बिल्ली ने कहा... इसलिए..."

उन दोनों ने सोचा था कि बादामी को वह बिल्ली दिखाएँगे। लेकिन उस वक्त वह बिल्ली वहाँ नहीं थी।

"सचमुच तो होते ही हैं। इसके बाद, सब कुछ अपनी आँखों से ही देख सकेगा! परायी ज़ुबान से अब मिर्ची का स्वाद लेने की ज़रूरत नहीं है।"

बहरहाल, जो खबर देनी थी, बादामी देकर, चला गया। जिप्सी और कनजोड़ी ने देखा, बादामी दूर-दूर जाता हुआ, धीरे-धीरे छोटा होता गया। उसके दोनों कान, न-चलने, न-दौड़ने की ताल-ताल पर उछलते रहे।

कुत्ता पकड़ने का अभियान इस तरह शिथिल वाहिनी के साथ, शहर के गिरते-पड़ते इंसानों की तू-तू-मैं-मैं बढ़ते-बढ़ते हद से बाहर चला गया था और उसके फलस्वरूप वृहदतर विशृंखलता नजर आने लगी थी। यह भी नहीं था कि संड़सी-वाहिनी

के कर्मचारी, खास किसी माँग या दावे की तहत काम में ढील दे रहे हों या और किसी चक्कर में हों। लेकिन पिछली बातों के संदर्भ में इतना तो कहा ही जा सकता था कि कुत्ते-पकड़नेवालों की मजूरी के बारे में अर्से से कोई विचार नहीं किया गया था, क्योंकि कुत्ते पकड़ने का काम ही नहीं होता था। पिंजरापोल की हालत भी खस्ता थी। जब असली मामला शुरू हुआ, तो जिस तरफ ज़्यादा ध्यान दिया गया, उस वजह से दूसरी तरफ से ध्यान अपने आप हट गया। फिलहाल पोलिओ निर्मूल करने का अभियान चल रहा था। उधर संगत कारणों से ही प्लेग का दफ़्तर खुलेगा या नहीं, इसमें शक था। लेकिन, फर्ज़ करें अगर कोई पागल-छागल इन्सान कर्ज़न पार्क के चूहों को ज़हर दे दे, तो उन लोगों के बदन से चिपकी मक्खियाँ, लाचारी में, उड़-उड़कर इन्सान को बेशक काटेंगी। जब प्लेग फैलेगा, तब यह नज़र आएगा कि पोलिओ के बारे में अब किसी को फ़िक्र नहीं रही। ख़ैर, यह सब आकाश-पाताल सोचने के बजाय जब हम लोग कुत्तों के पीछे पड़ गए हैं, तो उसी असल बात तक लौट चलें।

बहरहाल, कुत्तों का कहीं कोई अता-पता ही नहीं मिल रहा था, बल्कि इसकी जगह एक अजीबोग़रीब मामला नज़र आया। विभिन्न मुहल्लों में, तमाम अहम् मोड़ों पर और ज़रूरी-ज़रूरी रास्तों के बीचोंबीच, पकड़े जाने के लिए, चंद ज्ञानी-अनुभवी कुत्ते बैठे-बैठे ऊंघ रहे थे अपने बदन पर बैठी मक्खी तक उड़ाने के लिए भी हाथ-पैर नहीं हिला रहे थे। चंद कुत्ते ऐसे भी थे, जो अपने सामने के दोनों पंजों में सिर टिकाये, डबर-डबर आँखें खोले, निर्लिप्त भाव से दुनिया-जहान की लीलाओं का नज़ारा कर रहे थे और किसी अनजाने शब्द-तरंग का संकेत पकड़ने के लिए, अपने कानों को राडार की तरह इधर-उधर पलट रहे थे। कुत्ते पकड़ने का विशाल अभियान जारी था। यह बात सभी जानते थे। इस दौरान इन प्रवीण कुत्तों की खुद आगे बढ़कर अपने को गिरफ्तार कराने की पहल, किसी-किसी की आँखों में ताज्जुब ज़रूर जगाती थी। सबसे बड़े अचरज की बात तो यह थी कि जैसे ही कुत्ते पकड़ने की गाड़ी आकर खड़ी होती थी, कुत्ते खुद-ब-खुद गाड़ी की तरफ बढ़ आते थे।

"यह तो बेहद स्वाभाविक है। कुत्तों का अगर कोई वृद्धाश्रम होता, तो कुत्ते वहीं चले जाते। अर्से के तजुर्बे ने इन्हें सिखा दिया था कि विरोध या काटने-नोंचने से कोई फ़ायदा नहीं होगा। कुत्ते ऐसे भी मरेंगे। अब इस उम्र में वे हुज्जत नहीं करना चाहते। उनके इस आत्मसमर्पण में और कुछ खोजने की कोशिश पागलपन है।"

"नहीं, किसी भी हाल में, इसे स्वाभाविक नहीं माना जा सकता। यह तो इनसानों के मामले में देखा गया है कि इंसान जितना-जितना तजुर्बेकार और माहिर होता जाता है, उतना ही धीर-गंभीर, मन से तालमेल रखकर, अपने विचारों को भी उसी अनुरूप ढाल लेता है। इसलिए टालापार्क से लेकर टालीगंज, बेलेघाटा से लेकर

बाघाजतिन तक, जगह-जगह जब हम लोग प्रवीण कुत्तों का ऐसा रहस्यमय बर्ताव देख रहे हैं, तो समूची घटना को सिर्फ नाटक या निरुपाय आत्मसमर्पण न समझें, तो बेहतर है। सभी घटनाओं की अति सरल व्याख्या मुमकिन नहीं है, हालाँकि इंसान की इन्हीं सबमें दिलचस्पी लेने की आदत होती है।"

"हम सबका ख़्याल है कि इस विषय में फिजूल की बहस जारी रखना सही नहीं है। इसमें मूल्यवान वक्त फिजूल बर्बाद होगा और कलकत्ते को कुकुर-शून्य बनाने की हमारी साधु-योजना को पूरा करने में ख़ामखाह देर होगी। सिर खपाने के लिए हज़ारहा विषय हैं। चंद बूढ़े कुत्तों के हावभाव को लेकर सोच-विचार, इतने ऊहापोह या बहस को तवोज्जोह न दी जाए।"

"हमारी तरफ से बिल्कुल नए प्रस्ताव का सुझाव है और किसी बहस की अवतारणा। हमारा लक्ष्य नहीं है। पिंजरापोल-3 मृत और अर्धमृत कुत्तों से भर गया है। सच तो यह है कि अब और कुत्ते वहाँ नहीं छोड़े जा सकते। पिंजरापोल-1 में फिलहाल मरम्मत का काम चल रहा है। पिंजरापोल-2 में भी कुत्तों की संख्या काफी ज़्यादा है। हमारा प्रस्ताव है आत्मसमर्पण करनेवाले बूढ़े कुत्तों को पिंजरापोल-1 में रखकर भी, मरम्मत का काम जारी रखा जा सकता है। हमारा ख्याल है, विज्ञान के नज़रिये से ही चंद दिनों उन पर नज़र रखने की ज़रूरत है।"

शाम होते-होते, बिल्ली जब वापस लौटी, उसने देखा, जिप्सी भी ग़ायब है, कनजोड़ी भी! आज पूरे दिन भर उसे भटकना पड़ा। इधर कुछ घटा हो, तो उसे इसकी खबर नहीं। तो क्या कनजोड़ी और जिप्सी को कुत्ते पकड़नेवाली गाड़ी पकड़ ले गई?

बिल्ली बेतरह उदास हो गई। वह टूटे-जर्जर पेशाबखाने की छत पर लेटे-लेटे एकटक आकाश की तरफ देखती रही। कनजोड़ी या जिप्सी–किसी में भी जूझने का माद्‌दा नहीं है। दोनों ही निरे पोंगा हैं, भलेमानस हैं। उन्हें क्या सच ही पकड़ ले गए? रात गहरा आई। आसमान के सबसे चमकदार सितारा, लुब्धक की नीलाभ रोशनी का रकमफेर देखते-देखते सो गई। सो जाने के बाद, हर कोई अपने बचपन में लौट सकते हैं। सपने में बिल्ली ने भी देखा, वह नन्हीं-सी शिशु-बिल्ली बन गई है। ज़्यादा से ज़्यादा उछलकूद से भरा खूबसूरत बचपन! उन दिनों वह उछल-उछलकर तितलियों तक को पकड़ने की कोशिश किया करती थी। एक सुबह की बात है, अचानक एलमोंडा के फूल पर, काले पंखोंवाली बड़ी-सी सफेद तितली आ बैठी। उसकी समूची देह पर पीली-नीली छींट! हल्की-हल्की ठंड की पछुआ हवा में वह पीला फूल हौले-हौले झूम रहा था और उस तितली के दोनों पंख, किसी छिपे हुए छंद की खुमार में एक बार भरपूर खुलती और बंद होती थीं। झिलमिल धूप में नहायी, ठंड की सुबह! उस पर से बुंदकी-बुंदकी बारिश! सपने में जो चाहो, होता, फिर भी सभी मनचाहा नहीं भी होता। नींद टूटने पर बिल्ली ने देखा, सचमुच फिर-फिर बारिश

हो रही है। आसमान के सभी सितारे कुछ-कुछ ललछौंहे! अजब-सी घुटन बादलों को ढंके हुए! सड़क का दाहिन-बायाँ किनारा बारिश के पानी में भींगकर उजला-धुला! अब नीचे उतरकर, कोई आड़ खोजना ज़रूरी हो आया। लेकिन उतरने के लिए तन जाने के बावजूद, बिल्ली ने छलांग नहीं मारी। नीचे अँधेरे में कोई जीता-जागता प्राणी बैठा था, जिसकी छाती कहीं-कहीं से सफेद नज़र आ रही थी।

"कौन?"

"मैं हूँ, जिप्सी!"

"बताना तो चाहिए था! मैंने सोचा, पता नहीं कौन है, रे, बाप! कहीं भूत-प्रेत तो नहीं?"

"सुन, मैं और कनजोड़ी, कहीं और चले गए हैं। बादामी नामक एक कुत्ता आया था। उसी ने हमें वहाँ जाने को कहा, सो हम चले गए। लेकिन मैंने सोचा कि तू ज़रूर यह सोच रही होगी कि हम पकड़ लिए गए।"

"अरे, सोचूँगी क्या? मैंने तो यह मान ही लिया था..."

"हम वहाँ लगभग इकतालिस कुत्ते हैं। दो बिल्लियाँ भी आई हैं।"

"अरे...!"

"हाँ, उनके मुहल्ले के कुत्ते आ गए, तो उनके साथ वे भी चली आईं। मैं तो तुझसे यह कहने आया था कि तू भी हमारे साथ चल..."

"उसके बाद?"

"दो दिनों के अंदर, हमें शहर छोड़ना होगा। कुछ होगा, जानलेवा कुछ होगा। क्या होगा, यह नहीं मालूम! हिदायत मिलते ही, हम सब दल बांधकर, शहर छोड़कर भाग लेंगे। अभी तू चली आ! कनजोड़ी ने भी खूब-खूब कहा है..."

"यानी तेरा कहना है, मेरा भी वहीं चलना बेहतर है?"

"अब तक, जो कुछ सुनने में आया है, उससे तो मुझे भी यही लगता है। चल, उतर आ, चलते हैं।"

"चलो, चलती हूँ, लेकिन वह नकारात्मक घटना कौन-सी है?"

"भई, अभी तो सब फुसफुसाहट में ही ख़बर है! कोई कहता है, जंग बस छिड़ने ही वाली है। कोई कहता है, भूकंप आएगा! कुत्तों की जान बचाने के लिए पाताल फोड़कर भी कोई प्रकट हो सकता है। पक्की तौर पर कुछ भी नहीं कहा जा सकता। चल, अब बाकी बातें चलते-चलते करेंगे।"

टुपुर-टुपुर बरसात में जिप्सी और बिल्ली चल दिए। कचरे के ढेर में, गले में रस्सी बँधी, एक गुड़िया भी पड़ी थी। लमहे भर के लिए बिजली कौंध गयी। ऐसा लगा कि वह गुड़िया बड़े आराम से उस भीगे कचरे पर बैठ गई। वह क्या हँस रही थी?

पिंजरापोल-1 में प्रवीण कुत्तों को ठूँस दिया गया। देखने में यह आया कि बिना कोई चूँ-चपड़ किए, वे कुत्ते उस चक्राकार घेरे में, गोल होकर बैठ गए और एक-दूसरे को सूँघने के बाद, अपनी-अपनी जगह अधलेटी मुद्रा में बैठे रहे। जिस वक्त उन लोगों को वहाँ छोड़ा गया, खासी चिलचिलाती धूप थी। पिंजारापोल कत्लगाह के हिस्से में, वज्रपात का शिकार, जला हुआ एक अदद मुर्दा पेड़! कोयला बने उसके फैले हुए डाल-पत्ते थोड़ी-बहुत छाँह रच रहे थे। बूढ़े कुत्ते अगर खिसककर उस छाया में चले जाते, तो प्रखर ताप से कम से कम थोड़ी-बहुत तो रिहाई पा जाते, लेकिन उन लोगों ने ऐसी कोई कोशिश नहीं की। आग बरसाती धूप में, वे अब सूरज देवता के अंधे उपासक या जिद्दी चट्टान बने जमे रहे। चढ़ती हुई धूप में सारे कुत्ते जीभ लपलपाते हुए हाँफते रहते हैं। लेकिन, उन लोगों ने जीभ भी नहीं लपलपायी। धूप, गर्मी, पानी की मोहताजी, थकान, भूख, निश्चित अमोघ मृत्यु—इन लोगों ने किसी भी बात को अहमियत नहीं दी। प्रसंगवश, यह जिक्र कर देना ज़रूरी है कि उन कुत्तों पर नजर रखी जा रही थी। शाम को जब टिपिर-टिपिर बारिश शुरू हो गई, तब सर्चलाइट फेंककर देखा गया! वे कुत्ते उसी जगह, उसी मुद्रा में बैठे हुए थे और अपनी सूखी जुबान से बारिश की एक बूँद भी छूने की कोशिश नहीं की।

इसके बाद, बारिश थमने के बाद, जब आकाश सारा साफ हुआ, तब यह नज़र आया कि उसी जगह उठकर बैठे हुए, वे सभी प्रवीण कुत्ते, अपनी धुँधली, गंदली, मोतियाबिंद की शिकार आँखें, अंतरिक्ष पर गड़ाए हुए थे! एकटक! एक दृष्टि! वही इस वृहद कुकुरमंडली की रोशनी था! वह उन सबके बीच 'लुब्धक' सितारा था। भों! भों!!

...एक कुत्ता जब बस से कुचलकर सड़क पर
चाँद के आलोक में पड़ा रहता है, रक्त में सना
टेपरिकॉर्ड करके उसकी आखिरी चीत्कार
सुनाई जाती है स्कूली बच्चों को!

"हम लोग कमोबेश सभी बूढ़े कुत्तों पर नज़र रखते रहे हैं और कमोबेश उन सबके लक्ष्यकेंद्र का अंदाज़ा लगाते हुए, इस निष्कर्ष पर पहुँचे हैं कि वे सब बृहद कुकुरमंडल की ओर टकटकी बाँधे देखते रहते हैं। इसकी वजह की हमें जानकारी नहीं है। सर्चलाइट में यह देखा गया है कि आसमान की ओर देखते हुए, उनके मुँह थोड़े-थोड़े खुले होते हैं और लपलपाती जुबान थरथर काँपती रहती है। वे सब क्या कोई प्रार्थना करते हैं? कुत्ते क्या प्रार्थना कर सकते हैं? बृहद कुकुरमंडल के पास क्या है, जिसकी वे सब कामना कर सकते हैं? अब अगर वे बूढ़े कुत्ते मर जाएँ, तो हम लोग यह अनुमान-आधारित जाँच-परीक्षण जारी नहीं रख सकेंगे।

इसलिए हमारा अनुरोध है कि पिंजरापोल-1 में कम से कम थोड़ा-बहुत खाना और पानी देने का इंतज़ाम किया जाए। संबद्ध अधिकारीगण ज़रूर यह अंदाज़ा लगा सकते हैं कि बूढ़े कुत्तों के प्रति ममत्वबोध की वजह से हम यह प्रस्ताव नहीं दे रहे हैं। हम जो कुछ भी कह रहे हैं, सब कुछ अमित शक्तिधर विज्ञान के हित में ही कह रहे हैं।"

भों! भों!!

लुब्ध उर्फ कुकुर तारा उर्फ सिरिअस उर्फ आल्फा कैनिस मेजरिस असल में युगल बिसतारे हैं! इन सितारों का उल्लेख सबसे पहले सन् 1844 में, जर्मन के ज्योतिर्विद, फ्रिडरिश विलहेलम बेसेल ने किया। इन सितारों को अपनी आँखों से देखा गया सन् 1862 में! इसे पहली बार देखा था, अमेरिकी ज्योतिर्विद, एलवान क्लार्क ने! प्राचीन मिस्रवासी लुब्धक को सोथिल कहते थे। रोम में, सर्वाधिक गर्मी के मौसम में ये तारे नज़र आते थे। अंग्रेजी के 'डौग डेज़' शब्द में रोम के ही तजुर्बे का असर नज़र आता है। लुब्धक के युग्म तारे का नाम है—सिरिअस-बी! सितारों की दुनिया में यह एक सफेद बौना है यानी इसके परमाणु ने करीब से करीबतर सिमटते-सिमटते, गज़ब का घनत्व अर्जित किया। अफ्रीका के डोगन कबीले के लोगों को लुब्धक और सिरिअस-बी के बारे में छुटपुट ढेरों ख़बरों की जानकारी है। पता नहीं कैसे तो इस जंगली जाति को इसकी ख़बर लगी। मसलन ये जानते हैं कि सिरिअस-बी सबसे छोटा और सबसे वजनी तारा है। नीलाभ-सफेद लुब्धक सौरमंडल से 806 आलोकवर्ष दूर स्थित है। लुब्धक, सूर्य से भी बड़ा है और 23 गुना ज़्यादा उजला है। सफेद बौने, सिरिअस-बी का वजन भी लगभग सूर्य जितना है, लेकिन घनत्व बहुत ज़्यादा है! भों!भों!!

कनजोड़ी, जिप्सी, बिल्ली ये सब के सब, पीले रंग की कुतिया बावनी के इस नाम की वजह थी, वह कुल मिलाकर बावन लोगों को काट चुकी थी। वैसे इसके लिए उसे दोष देना बेमतलब है। हर साल बच्चे देने के समय, लोग-बाग़ और कम उम्र के लोग, कारण-अकारण माँ और बच्चों को तंग करते हैं, इसलिए माता-कुतिया इंसान के बदन पर दाँत गड़ाने को लाचार हो जाती हैं। वहाँ एक और कुत्ता था। उसका नाम तीनटंगड़ी था। बचपन में ही मोटर साइकिल ने उसकी एक टाँग उड़ा दी थी। उन दिनों कलकत्ता की ऐसी अनगिनत जगहों में कुत्ते छिपे हुए थे।

हर ट्राम डिपो, पम्पिंग स्टेशन, दूध के बूथ के पिछवाड़े, टूटे-जर्जर गैरेज, थाने में, जहाँ एक्सिडेंट में चकनाचूर हुई गाड़ियों का ढेर पड़ा था, कब्रिस्तान, बस गुमटी, रोल की दुकान तले, बेड़े के पीछे, चालू मैनहोल में, अध बने घर-मकानों की सीढ़ी के नीचे, विराट अहातेवाले दो-मंजिली बसों के अड्डे, सुलभ शौचालय के पीछे, पार्कों में, जहाँ गाड़ी दाखिल न हो सके, ऐसी संकरी गलियों में, दुर्गा पूजा के लिए बनाई

गई पक्की बेदी के पीछे, श्मशान में, आदि गंगा-किनाने जलकुंभी के जंगल में, पुलों के नीचे, विविध फाँक-फोकर-गड्ढों में—ऐसी कोई जगह नहीं थी, जहाँ कुत्ते छिपे हुए नहीं थे। यह बात तो सबको पता है कि बड़ी-बड़ी पाइपों में इंसान अपनी घर-गृहस्थी बसाते हैं, लेकिन किसी-किसी जगह, इस माप की पाइपें पड़ी होती हैं, जिसमें इंसान नहीं समा सकता। कलकत्ते के कुत्तों ने उन पाइपों में भी अपना आस्ताना गाड़ा था, जैसे रात के वक्त बसों के नीचे, ईंटों के ढेर, स्टेडियम के आस-पास के परित्यक्त इलाके और रद् मालगाड़ी के वैगन को अपना आश्रय बना लिया था। इन सब जगहों में कुत्ते पकड़नेवाली गाड़ी हरगिज नहीं पहुँच सकती। अगर कोई साहसी कुत्ता-मार बंदा, हाथ में संड़सी लिए, अकेला पहुँच भी जाए, तो वह महा-मुसीबत में पड़ जाएगा। बंधी-बंधाई तनख्वाह की नौकरी में इतना जोखिम उठाने से नहीं चलता। सभी लोग तो मिलटरी के फौजी नहीं होते।

कुकुर उपकथा की कहानी के संग-संग सच्ची या चिरन्तन घटनाओं की मिलावट तो घुलीमिली है। असल में सिर्फ सिमेंट से कोई ढाँचा तैयार नहीं किया जा सकता। इसके लिए बालू, पानी, लोहे का सरिया, रॉड—बहुत कुछ की ज़रूरत पड़ती है।

प्रचंड गर्मी में (95, 113 और 122 डिग्री फॉरेनहाइट) कुत्तों को ट्रेडमिल कसरत कराते हुए, काफी जाँच-परीक्षण किया गया है। और भी अनगिनत किस्म का परीक्षण कुत्तों पर किया जाता रहा है, वह तो विभिन्न फाइलों का नाम पढ़कर ही समझ में आ जाएगा।

क्रूर आक्रमण, श्वासरोधन, अंधाकरण, जलाना, अपकेंद्रण, सम्पीणन, मष्तिकाघात, संकुलन, कुचलन, ड्रग-जाँच, फ्रीज़िंग, हीटिंग, रक्त-स्राव, गतिहीनता, पृथक्करण, विविध आघात, शिकार-हत्या, प्रोटीन-मोहताजी, क्रूर सज़ा, रेडिएशन, फाके, शॉक, हड्डियों पर चोट, तनाव, प्यास वगैरह हज़ारहा क़िस्म से प्रतारण, अत्याचार! नृशंस जुल्म!

इस सूची का कहीं कोई अंत नहीं है। इसके अलावा भी बहुत-से तरीके हैं—चिमटा गड़ाकर शरीर के किसी हिस्से से मांस नोंच लेना, कूटना-घूरना, हथौड़े का बट्टा मारना, घूमते हुए ड्रम में लुढ़काना, गोली मार देना, रस्सी फँसाकर सांस घोंट देना, वगैरह-वगैरह! यह सभी कुछ विज्ञान को सर्वशक्तिमान करने के लिए किया जाता है।

"पाँच मिनट बाद, रह-रहकर कंपकंपी शुरू हो गई। 6 से 10 मिनट के अंदर श्वास-प्रश्वास की संख्या बढ़ गई। 11 से 23 मिनट के अंदर सांसों की गिनती कम होते-होते, मिनट में 3 पर उतर आई और इसके बाद ही सांस पूरी तरह थम गई। इसके आधे घंटे बाद चीर-फाड़ शुरू हुई—लेकिन यह परीक्षण किसी कुत्ते पर नहीं

हुआ था। यह तो किसी यहूदी, रूसी या पोलिश युद्धबंदी पर हुआ था। हवा का दबाव अगर कम करते जाएँ, तो इंसान की क्या हालत होती है, यह जानने के लिए, नाजी डॉक्टरों ने वैज्ञानिक परीक्षण किया था। अस्तु इंसान ने सिर्फ कुत्तों या अन्यान्य प्राणियों पर ही प्रयोग-परीक्षण किया हो, ऐसी बात नहीं है। बहरहाल विज्ञान की जय हो!" भों! भों!!

दीवार के ऊपरी हिस्से में एक बड़ा-सा सूराख था! लेकिन वह इंसान को घुसाने के लिए बनाया गया था। यह सूराख पत्ताखोर चोरों ने बनाया था। उन चोरों ने सोचा था, वहाँ से लोहा-लक्कड़, तार, छुटपुट यन्त्रपाती—यही सब टुकड़े-टुकड़े माल झाड़ेंगे। लेकिन ख़ास कोई फ़ायदा नहीं हुआ। जो कुछ खींचकर पार करने लायक था वह सब तो कभी का हवा कर दिया गया था। जंतु और भजुआ ने जाकर देखा, सूराख अगर नीचे की तरफ चौड़ा न किया गया, तो दुबले-पतले या बुड्ढे, बच्चे या कमजोर माताएँ अंदर नहीं घुस पाएँगी। वह सूराख चौड़ा करने में उन दोनों को पूरी एक रात लग गई। टॉलीगंज की तरफ, जहां मेट्रो की सीमा खत्म हो गई है, वहाँ रेललाइन खत्म हो जाने के बाद भी काफी-काफी सारी जगह है। वहाँ कोई नहीं जाता। कई सालों से वहाँ पेड़ और झंखाड़, ईंट, रेलवे स्लीपर, जमे हुए सिमेंट की बोरियाँ—यह सब मिल-मिलाकर, वहाँ भयंकर दुर्भेद्य परिवेश तैयार हो गया है। तेलकूचो और अन्यान्य लता-गुल्मों ने उस जगह को यूँ लपेट रखा है कि सारा कुछ ढँक गया है और वहाँ कहीं भी बूँद भर धूप या उजाले की गुंजाइश नहीं रह गई है। इसके बजाय वहाँ हरे रंग का अँधेरा छाया रहता है, जिसके साथ सड़े-गले पत्ते, पेड़ों के रस और भीगी गाटी की गंध सादाबहार रहती है। वहाँ हवा का प्रवेश भी कम ही होता है। इस आर्द्र छाया में, पाताल फोड़कर झंखाड़ उग आया है और गोल-गोल घोंघे-शम्बूक बेखटके रेंगते रहते हैं।

अगली रात उस खड्डे में लगभग डेढ़ सौ कुत्तों ने मेट्रो रेल के इलाके में घुसकर वहाँ पनाह ली। इन्हीं कुत्तों में लाली रोड़ी भी अपने चार पिल्लों समेत आ पहुँची थी। कलकत्ता शहर में कुत्तों के कुछेक बंधे-बंधाये इलाके होते हैं। जगह की दखलदारी के लिए वहाँ छोटे-मोटे झगड़े से लेकर तुमुल युद्ध और गुस्सा ज़ाहिर करने के लिए हल्की-फुल्की गुर्राहट से लेकर नोंच-खसोट, खूनाखूनी तक होती रहती है। लेकिन कुत्ते पकड़ने के अभियान के दौरान, यह सब दिमाग में रखना संभव नहीं हुआ। खदेड़े जाने पर कुत्तों को दंगल बाँधकर, इस छोर से उस छोर तक दौड़-भाग करनी पड़ी थी। वैसे भी, सभी कुत्ते भाग भी नहीं सके। कई-कई अंधे या कमज़ोर-नज़रवाले कुत्ते फ्लाइओवर के लिए खोदे गए गहरे पानी से लबालब

गड्ढों में गिर पड़े। या तो वे पानी में डूबकर मर गए या कीचड़-कादे की ढलान पर, बार-बार उठने की कोशिश में, बिल्कुल नीचे ही धंसते चले गए और यह दुनिया छोड़ गए। कलकत्ता के बाज़ारों में सारी-सारी रात लॉरियों का जो काफिला पहुँचता रहता है, उनके हेडलाइट की राक्षसी-रोशनी में आँखें चौंधिया गईं और बहुतेरे कुत्ते सड़क पर ही जहाँ के तहाँ खड़े रह गए। लॉरी पर लॉरी, पहिये पर पहियों ने उन्हें कुचल-पीसकर सड़क की कोलतार पर लेई बनाकर बिछा दिया। अपने पैरों तले की ज़मीन ज़रा हिलते ही या चाल डांवाडोल होते ही लोग कैसे तो दिशाहारा हो उठते हैं, कलकत्ते के कुत्ते भी उनसे अलग नहीं थे।

ट्रांसफॉर्मर-कमरे में सभी कुत्ते, यहाँ तक कि उनके पिल्ले-पिल्ली भी खामोश बैठे थे, सिर्फ एक कुत्ता, जिसकी हड्डी-पसली टूट चुकी थी, नींद में गौंगिया रहा था। जिप्सी और कनजोड़ी आपस में खुसफुस लहजे में गपशप कर रहे थे और दोनों के बदन की गर्मी में आराम महसूस करते हुए, बिल्ली कुंडली मारे नींद में बेख़बर थी। बावनी लेटे-लेटे ही, दरवाजे की तरफ निगाहें टिकाये, निगरानी रख रही थी और हवा-बाताश सूंघ-सूंघकर या कान खड़े करके सभी अस्फुट कंपनों से कोई ख़बर या उस का पूर्वाभास पाने के लिए, सजग संधान जारी रखे हुए थी।

कनजोड़ी ने जिप्सी से कहा, ''तुझे तो शरीफ लोगों ने काफी दिनों तक पाला-पोसा था...''

''हाँ, पाला-पोसा तो था!''

''तब तो टीवी भी खूब देखता होगा?''

''देखता क्यों नहीं?''

''तो, कोई खूब अच्छी-सी कहानी सुना न! सुनते-सुनते सो जाऊँगी।''

''टीवी के किस्से-कहानी बिल्कुल फालतू होते हैं। हाँ, अच्छी कहानी सुनना चाहे, तो सुना सकता हूँ।''

''हाँ, सुना...''

बाहर कोई गश्त लगा रहा था। उसके बूटों की चरमराहट करीब आती गई। ट्रांसफॉर्मर-कमरे में रोशनी का सैलाब फैल गया। गश्त लगानेवाले चले गए। हड्डी-पसली टूटे कुत्ते के गौंगियाने की आवाज़ उनके कानों तक नहीं पहुँची। उनके बूटों की आवाज़ दूर गुम हो जाने के बाद, बावनी ने ज़ुबान खोली।

''जिप्सी...'' उसने आवाज़ दी।

''क्या है?''

''ऐसा कर, तू अपनी कहानी ज़ोर-ज़ोर से ही सुना। जो कुत्ते जगे पड़े हैं, वे सब भी सुनेंगे। कहानी सुनने का मेरा भी मन हो रहा है।''

''रुक जा! मैं उठकर बैठ जाऊँ, फिर कहानी सुनाता हूँ। हाँ, तो हमारी कहानी का नाम है 'भूखा कुत्ता'। एक विराट राजा था।''

"ओफ ओ! फिर वही राजा-बाजा।"

अरे, सुनो तो सही! उसके बाद क्या हुआ। वह राजा भयंकर अत्याचारी था। बेवजह जुल्म बरसाकर उसे बड़ा मज़ा आता था। सो, एक बार ऐसा हुआ कि बुद्ध भगवान उस अत्याचारी राजा के राज्य में आए। उस राजा ने महात्मा बुद्ध से पूछा, हे, तथागत्, तुम क्या मुझे ऐसी कोई शिक्षा दे सकते हो, जिससे मेरा मन पलट जाए और मैं किसी और तरीके से सोच सकूँ? महात्मा बुद्ध ने जवाब दिया, मैं तुम्हें 'भूखे कुत्ते' की कहानी सुनाता हूँ। ध्यान से सुनो–

एक था बेहद अत्याचारी सम्राट! उसे सबक़ सिखाने के लिए देवता इंद्र, शिकारी का रूप धारण करके उसके राज्य में आ पहुँचे। उनके साथ एक विकराल, विशाल कुत्ते के रूप में मातालि राक्षस भी था। शिकारी और कुत्ता, सम्राट के राजमहल में दाखिल हुए। कुत्ता इतनी ज़ोर-ज़ोर से भौंकने लगा कि समूचे राजमहल की नींव तक थर्रा गई। सम्राट ने शिकारी को बुलाकर, उसकी खौफनाक गुर्राहट की वजह पूछी। शिकारी ने बताया कि उसे कसकर भूख लगी है, इसलिए वह भौंक रहा है। भयभीत सम्राट ने कुत्ते के लिए खाना लाने का हुक्म जारी किया। समूचे राजमहल का सारा खाना खत्म हो गया। कुत्ते का भोंकना नहीं थमा। सम्राट का भोजन-भंडार खत्म हो गया, लेकिन कुत्ते की भूख ज्यों की त्यों! तब सम्राट ने पूछा, इस खौफनाक जानवर की भूख क्या किसी तरह भी शांत नहीं की जा सकती? शिकारी ने बताया, नहीं, जब तक वह अपने दुश्मनों का हाड़-माँस तक चबाकर नहीं खाता, उसकी भूख नहीं मिटती। सम्राट ने अगला सवाल किया, इस विशाल कुत्ते का दुश्मन कौन है? शिकारी ने बताया, इस राज्य के लोग जब तक भूखे रहेंगे, तब तक उसका भौंकना बंद नहीं होगा। और जो लोग गरीबों पर अत्याचार करते हैं और उनके प्रति अन्याय करते हैं, वही इसके दुश्मन हैं। सम्राट डर गया और अपने कुकर्म, अत्याचार के प्रति सजग हुआ और उस दिन से आगे अपनी प्रजा पर जुल्म बरसाना बंद कर दिया।

अपनी कहानी पूरी करके, महात्मा बुद्ध ने डर से पीले पड़े राजा को हिदायत दी, जब भी तुम कुत्ते का भौंकना सुनो, फौरन बुद्ध की शिक्षा याद कर लेना। इससे तुम्हारा कल्याण होगा।

कहानी पूरी हो जाने के बाद सभी कुत्ते ख़ामोश रहे।

बावनी ने कहा, "कहानी तो बहुत अच्छी है! लेकिन, मुझे बस, एक ही ख्याल आ रहा है। हम सब पर जो निष्ठुर अत्याचार चल रहा है, उसे बंद करने का क्या कोई उपाय नहीं है? महात्मा बुद्ध, इंद्र, मातालि या और कोई, क्या हमारे पक्ष में कोई कुछ नहीं बोलेगा?"

कनजोड़ी अचानक ज़ोर से चीख उठी। सबके सब चौंक गए।

''मुझे सुनायी दे रहा है।''

''क्या?''

''बहुत कुछ हो रहा है! एक साथ...''

''क्या? क्या होगा?''

''बताओ न!''

''एइ, चुप मत रह, बता!''

''म्यांउ!''

''बताती हूँ। छाया-कुकुर अब दृश्यमान होंगे! उन लोगों ने जिसे भेजा था, वह संदेशा लेकर लौट आया है।''

बाहर बिजली कौंध उठी। आकाश चीरते हुए वज्रपात की भयंकर आवाज़ गूँज उठी। भों! भों!

''संदेशा लेकर कौन लौटा है?''

कनजोड़ी पर जैसे देवी मइया सवार हों, वर्ना उसे इन बातों की जानकारी कैसे मिलती? लेकिन सर्वशक्तिमान विज्ञान क्या देवी मइया का असर मानता है? ना! विज्ञान असर भले न माने, मगर भावावेग...आवेश तो मानता है। वैसे अगर न भी माने, तो क्या आता-जाता है? क्या फर्क़ पड़ता है?

''अनुविस वार्ता लेकर लौट आया है।''

''अनुविस?''

''हाँ, अनुविस। उसके वदन का रंग, तपी हुई माटी जैसा। उसका प्रतीक है, पत्थर का शवाधार या काठ का ताबूत। अनुविस वही मिस्री शिकारी हाउंड यानी शिकारी कुत्ता है, जो इहलोक से परलोक तक आ-जा सकता है। वह अवश कर देनेवाला जादू जानता है। वह खोयी हुई चीज़ ढूंढ़कर दे सकता है। वह आत्मा या 'बा' की रक्षा करता है। वह प्रार्थी को रहस्य उद्‌घाटनकर्ता, नपथिस या न्यायकर्ता ओसाइरिस के पास ले जाता है। वही अनुविस संदेशा लेकर लौट आया है। बाहर जो आँधी-तूफान देख रहे हो, संदेशा पाकर छाया-कुकुरों का उल्लास है।''

''लेकिन उस संदेशे में ऐसा है क्या?''

''पता नहीं! लेकिन हम सबके लिए कोई निर्देश ज़रूर आ रहा है।''

''कौन ला रहा है?''

''बादामी! मैं उसके क़दमों की आहट सुन पा रही हूँ। बादामी आ रही है।''

छाया-कुकुर दौड़ रहे हैं! बिजली की कौंध में उनकी छाया समूचे शहर पर रौशन हो उठती है। देखो वो रही लाइका! सबसे आगे-आगे दौड़ रही है। उसके पीछे भेलू! वो उनके पीछे-पीछे कौन दौड़ रहे हैं? वे सब श्मशान के कुत्ते हैं। कालू, भूलू, जममोला, बड़ाश्वेत फूल, मड़िया, सावली दीदी, बड्ढे बाबा, बूढ़ी माँ, छोटा श्वेत

फूल, दुर्गा, पदी, हरि की माँ, थरथरी, फूलटुसी, हरहरि, बाघा, रंगूबाबू—सबके सब दौड़ रहे हैं।

कनजोड़ी ने ग़लत नहीं कहा था। उसकी समूची देह पानी में लथपथ! समूचे बदन पर रोमावली! बादामी आ पहुँची।

''सबकुछ ठीकठाक तो है न?''

''हाँ, हम सब ज़िंदा हैं! ठीक ही है!''

''सुनो, सब ध्यान से सुनो। आज आधी रात को अचानक तुम लोग देखोगे कि कुत्तों का एक विशाल दल करीब आ रहा है। तुम सैकड़ों-सैकड़ों क़दमों की आहट सुनोगे। जैसे ही वह आहट सुनो, फौरन निकल आना!''

''कहाँ?''

''सड़क पर! उसके बाद, वह दल जिस भी दिशा में जाए, तुम सब भी चलते जाना। कुल मिलाकर बात यह है कि हम सबको कलकत्ता छोड़कर कहीं दूर चले जाना होगा।''

''हम लोग कहाँ जाएँगे?''

''दूर! यहाँ से बहुत दूर! और हाँ, सुनो, सबको दौड़ना होगा। ज़रूरत पड़ी तो बच्चों को बारी-बारी से अपने-अपने मुँह में दबोचकर बेतहाशा दौड़ना होगा। जो कुत्ते कमज़ोर, बीमार या चोट खाकर घायल हैं, उन सबको भी कंधा लगाकर ले जाना होगा।''

''अनुविस क्या संदेशा लाया है, तुम्हें पता है?''

''तुम्हें अनुविस के बारे में कैसे पता चला?''

''कैसे पता चला, वह तो नहीं जानती। मुझ पर जाने कैसा तो देवी मइया का असर हुआ था।''

''संदेशा क्या है, मैं भी नहीं जानती। मुझे तो जितनी जानकारी देने को कहा गया था, मैंने उतना ही बता दिया...''

''अब तुम कहाँ जाओगी?''

''मैं? मुझे अभी बहुत सारी जगह जाना है, ख़बर देने के लिए! अब वक्त बर्बाद न करके, बेहतर है, मैं चलूँ...''

बादामी जैसे मूसलाधार आँधी-बारिश में आई थी, वैसे ही चली भी गई।

एक बार खुले में निकलकर बावनी ने आसमान का मुआयना किया। अँधेरे को चीरते हुए, लाखों-लाखों तारे, बारिश की बूँदे बनकर धरती पर उतरते रहे। बावनी कमरे में लौट आई।

जिप्सी ने कहा, ''हम सब तो चल पड़ेंगे, मगर जिसकी हड्डी-पसली टूटी हुई है, वह क्या हमारे साथ नहीं जा सकेगा!''

"क्यों?"

"गोंगिया रहा था! जाने कब मौका देखकर पट् से मर गया, हम सब समझ नहीं सके।"

7

जलाया तो जलाऊँ आग, सुन लो
खून का बदला खून जान लो
नचाया अगर बेअदब झोंटा
झूल जाऊँगा, दाँतों में दबोचकर टेंटुआ!

"हलो! हलो!! सुन रहे हैं? 1 नंबर पिंजरापोल से बोल रहा हूँ।"

"सुनायी तो दे रहा है, मगर फोन से आँधी चलने जैसी आवाज़ें आ रही हैं।"

"यहाँ एक के बाद एक, कई-कई घटनाएँ घट गई हैं।"

"समूचे कलकत्ता शहर में अद्‌भुत-अद्‌भुत घटनाएँ घट रही हैं। कुत्तों ने तमाम रास्ते-घाट बंद कर दिए हैं! हर जगह कैसा तो हाल है!"

"ऐसे तो यह कोई बुरी बात नहीं है, लेकिन इस आँधी-पानी में हमें कुत्तों की रुलाई सुनाई दे रही है। उधर बूढ़े कुत्ते आकाश की तरफ अपने सामने के पंजे उठाए, जाने क्या-क्या तो बुदबुदा रहे हैं, हालाँकि उनका कोई एक भी शब्द हमारे पल्ले नहीं पड़ रहा है। उनका कोई अर्थ भी हमारे कानों तक नहीं पहुँच रहा है।"

"अच्छा वहाँ जो कुछ हो रहा है, सब विडियो पर उतार रहे हैं न? इधर बी. बी. सी. और जी एन. एन. ने अपने समाचार में कुत्तों का जुलूस दृश्य दिखाए हैं! लाचार होकर हमारे देश को भी दिखाना पड़ रहा है।"

"अब, सुनिए, उन बूढ़े कुत्तों में हमने अचानक ही देखा एक महाभयंकर और विशाल कुत्ता है। उसकी दोनों आँखों की रोशनी, अंगारे की तरह धधकती रहती है। यहाँ एक जन बता रहा था कि किसी मिथक पुराण में अनुविस का जो हवाला दिया गया है, इस कुत्ते की हुलिया उससे बिल्कुल मिलती-जुलती है। वही टेराकोटा यानी गेरुआ रंग! लंबा कद! शिकारी हाउंड जैसी गढ़न! पिंजरापोल-1 में पिछले तीन दिनों से ताला जढ़ गया है। उतना विशाल भारीभरकम कुत्ता, उसमें घुसा कैसे, इसका अंदाज़ा लगाने में, हमारी तो अक्ल काम नहीं कर रही है।"

"और भी बहुत-सी जगहों में उस कुत्ते को...जिसे आप लोग अनुविस बता रहे हैं, देखा गया है।"

"इधर अचानक अनुविस नजर नहीं आ रहा है...अचानक ग़ायब हो गया है। उधर पूरे पिंजरापोल में वे कुत्ते गोल घेरा बनाकर नाच रहे हैं। धूल में उनके पंजे इतनी ज़ोर से पड़ते हैं कि आग की चिनगारी निकल रही है..."

"भयंकर शोर हो रहा है...जैसे असंख्य ज़ंज़ीरें एक साथ झनझनायें, तो जो शोर मचता है..."

"हम लोग 1 नम्बर पिंजरापोल खोल देते हैं।"

"यहाँ तो कुछ सुनायी नहीं दे रहा है।"

"हम लोग तो 2 और 3 नंबर पिंजरापोल भी खोल देने का निर्देश भेज रहे हैं..."

"कुछ भी सुनायी नहीं दे रहा है।"

"हलो! हलो!!"

कुत्तों का जुलूस तो क्या, कुत्तों की यह सचल नदी, कुत्तों का यह लावास्रोत, इसे चाहे जो भी कहें, इस दृश्य का बयान करने जैसी भाषा हम नहीं जानते। हमें कभी, किसी ने नहीं बताया कि दुनिया में कहीं, कभी, इस क़िस्म की कोई घटना घटी है। हाँ, किसी-किसी वैज्ञानिक की राय में, जीव-जंतुओं में इस क़िस्म का व्यापक माइग्रेशन ज़रूर संभव है लेकिन अमेरिका के लोपिंग वर्ग की गण-हत्या से इसका कोई मेल नहीं है। बेहद सुशृंखला, संघबद्ध हज़ारों-हज़ार कुत्ते प्रायः ख़ामोशी से बेहद गंभीर मुद्रा में, कलकत्ता त्यागकर चले जा रहे थे। यह जो रौशन, विशाल सेतु आप लोग देख रहे हैं, यह है, गंगा के ऊपर निर्मित दूसरा सेतु! कुत्तों की महा-शोभायात्रा इसी सेतु से होकर आगे बढ़ रही थी। अगर उनका आत्महत्या जैसा कोई इरादा होता, तो वे कुत्ते उस सेतु से छलांग भी लगा सकते थे। नीचे गहरा जल! जाहिर है, वे लोग शहर छोड़कर जा रहे थे। ज़रा कल्पना कीजिए–पुलिस की एक अदद पायलॅट-वैन और किसी माननीय मंत्री की गाड़ी, कुत्तों के इस महासमुद्र में असहाय भंगिमा में खड़े हों। पायलॅट-वैन के माथे पर नीली रोशनी जल-बुझ रही है। मंत्री की गाड़ी पर लाल बत्ती जलती हुई! कलकत्ता का यह सचल कुकुर-समुद्र, आपलोगों को जी. एन. एन. टीवी पर दिखा रहा है। चलिए, एक छोटे-से ब्रेक के बाद, हम फिर इसी आश्चर्यजनक दृश्य पर लौट आएँगे...

गड़ियाहाट रोड़ की दोनों गलियाँ इस एकमुखी कुत्तों के स्रोत की वजह से बंद थीं। कुकुर-नदी बाइपास की तरफ बहती चली जा रही थी। चारों तरफ जितनी भी गलियाँ और छोटी-संकरी सड़कें थीं–हर तरफ से कुत्तों का रेला आता हुआ! कोई लंगड़ाते हुए आता हुआ! कोई बीच-बीच में रुक-रुककर, पूँछ पर बैठी मक्खी को खदेड़ते हुए! नन्हें-नन्हें पिल्ले भी आ रहे थे, जिन्हें अभी भी अंदाज़ा नहीं लग पा रहा था कि उन लोगों को कितनी दूर का रास्ता, यूँ ही पैदल-पैदल तय करना

था। बड़े-बड़े घर-मकान-इमारत, बूट जूतेधारी पाँव, गाड़ियों के राक्षस पहिये, कभी, किसी दिन उस पार पहुँचा न जा सके, ऐसे चौड़े-चौड़े रास्ते, ट्रक, तेज़-तेज़ रोशनी उगलती दुकानें, जिनके सामने सामानों से लदे-फंदे लोग हँसते-हँसते ही कुचल देते हैं! सायकिल, हिंस्र मोटरबाइक, मिनी बसें—जहाँ इतनी सारी विपदाएँ हों, जहाँ कदम-कदम पर खौफ नाचता हो। जो हर पल उन लोगों को समझाता रहता है कि वे लोग फालतू हैं, कमजोर हैं, डरपोक हैं; जितनी आँखों में खौफ का कीचड़ जमा है—वह खौफनाक सबकुछ...सबकुछ कैसे तो चुप! सहमे दुबके-से! अचल हो आए थे। काउं! काउं! वे सब अपनी नन्हीं-नन्हीं आवाज़ में कूँ-कूँ कर रहे थे, मानो कह रहे हों-हाँ, आज सबकुछ हमारी दखल में है। फुटपाथ के किसी प्रायः अँधेरे कोने में, अपनी माँ के पेट से दुबककर लेटे हुए, डबर-डबर आँखें नचाकर, लोगों की करतूतें देखते रहते हैं! युगों से जन्म-जन्मान्तरों से! अब तुम इंसान लोग, बरामदे में भीड़ लगाकर या पर्दा ज़रा-सा सरकाकर, या गाड़ी के अंदर बैठे-बैठे खिड़की का काँच उठाकर या फिर टीवी के पर्दे पर तुम लोग निरुपाय आँखों से देखते रहो। हम कहाँ जा रहे हैं, हम नहीं जानते। हमारे बड़े-बुजुर्गों ने चलने को कहा, हम चल पड़े। हाँ, तुम लोगों का शहर, दुकान-पाट, तुम्हारे बाज़ार, होटल, मुर्गी जिबह करने का पहसुल, गोश्त सेंकने की लौह सलाखें, टीवी टावर, कसाईखाना, थाना, बंदूक, लाठी, पताका, सी.डी प्लेयर, तुम लोगों के सर्जन, एनेस्पीटिस्ट, नेता वगैरह—सभी लोग तुम्हारे पास सलामत रहें। हम ही जा रहे हैं। लेकिन सिर झुकाकर नहीं, पूरे मान-सम्मान के साथ। तुम लोग बैठे-बैठे हमारे उपेक्षा भरे त्याग से अभिशप्त शहर में, अंधे यक्ष की तरह, अब अपनी धन-सम्पदाओं की रखवाली करो। हम नन्हें-नन्हें पिल्ले, छोटे-छोटे कुकुर-शिशु जा रहे हैं। सुनो, ट्राम लाइन, सुनो, फव्वारो! जेब्रा क्रॉसिंग, शाम ढले, ट्राफिक के चिरागो, लोहे के रेलिंग, आसमान में आड़े-तिरछे खेलते हुए केबल-तारो, हम जा रहे हैं।! गोश्त रोल की दुकानों में तवे के बीचोंबीच उलटे-पलटे जानेवाले गोश्त के टुकड़ों का मज़ा लेनेवालो, हम सचमुच जा रहे हैं। सुनो, पानी के हतबुद्ध नल, झंझारी, चींटी-चींटे भरे पेड़ की जड़ो, दाँत उखाड़नेवाली कुर्सिओ, हम जा रहे हैं। हम सब दल बाँध-बाँधकर जा रहे हैं, हम कुत्तों के नन्हें-नन्हें पिल्ले, अपने बड़ों के साथ तुमसे विदा ले रहे हैं। तुम लोग अपने पिंजरापोल लेकर राजी-खुशी रहो। तुम लोग शाम को इन जगहों की सैर भी कर सकते हो या ऐसा भी कर सकते हो कि खुद ही अपने को इसमें कैद रखकर, खाये-पीये बगैर, मज़ा कर सकते हो। हमारे नन्हें-नन्हें पाँव तेज़-तेज़ नहीं दौड़ सकते, लेकिन हम कोशिश कर रहे हैं। अपने बड़ों के साथ क़दम से क़दम मिलाकर चलते रहें। तुम्हारी निष्ठुरता, तुम्हारी अवज्ञा, तुम्हारी नृशंसता, तुम्हारा लोभ, तुम्हारी अज्ञानता, बूयोंग होकर, तुम्हीं लोगों के पास लौट आई, तुम्हें अहसास नहीं हो रहा है? हाँ जाते-जाते,

यह बात, हम शान से सिर उठाकर, बड़े गर्व से कहते हैं, मगर तुम लोग यह बात समझ ही नहीं सकते! समझने की तुममें कुव्वत ही नहीं है। रेगिस्तान में चोर-रेत या पर्वतों की बर्फबारी में गुम होते-होते या गर्क़ होते-होते, आखिरी पलों में, धोखेबाज़ों के साथ ऐसा ही होता है। तुम लोगों पर जो महा-विपदा मंडरा रही है, हमारे नन्हें-नन्हें कान फड़फड़ाते हुए, उसमें अपनी सहमति जताते हैं। हम छोटे-छोटे पिल्ले, इतनी बड़ी तादाद में, कभी एक जगह इकट्ठे नहीं हुए। अगर कभी हुए भी, तो हमें खेलने-कूदने या एक-दूसरे से जान-पहचान करने की भी किसी को फुर्सत नहीं मिली। इसके लिए आखिर कौन जिम्मेदार है? तुम लोग! यह जो हमें कसकर भूख लगी है; प्यास लगी है; सख्त रास्तों पर नरम-नरम पंजे और नाखनू दुःखने लगते हैं, लेकिन फिर भी वह दर्द भूलकर, हम सब अवश एकाग्रता के साथ आगे बढ़ते जा रहे हैं। इस कुकुर-सागर की लहर, इस कुकुर रात्रि के लिए कौन लोग जिम्मेदार है? तुम लोग! हाँ, हाथ में बाकीटॉकी थामे हुए, कमर के होलस्टार में रिवॉल्वर, आँखों पर काला चश्मा चढ़ाये, टाँगें फाँक किए, सांय की तरह खड़ी पुलिस-सार्जेन्ट, तुम सब तोरण या दरवाजे की तरह खड़े रहो। ज़रा भी हिले-डुले नहीं कि तुम सबके पैर, हमारे बदन से टकरा जाएँगे। अगर कहीं एक बार हादसा हो गया, तो आज ही क्या, किसी दिन भी तुम लोग घर नहीं लौट पाओगे। माँस-मछली, तरी-तरकारी, फल, कोल्ड ड्रिंक्स से भरे-भरे ट्रक, रास्ते में अटके हुए खड़े हैं, उनके ड्राइवरो, सावधान! तुम लोगों के किसी ट्रक का एक पहिया अगर ज़रा भी हिला-डुला, तो वह विशाल शांत समुद्र, महाकाय मगरमच्छ की तरह मुँह फाड़ देगा, जिसमें अगर एक बार जा पड़े, तो निकलने का कोई रास्ता नहीं होगा। चलो, अपने-अपने हेडलाइट बुझा दो। हमारी आँखों में चुभ रही है। कूँ! कूँ! कूँ! कूँ!

तमाम हेडलाइट, एक-एक करके बुझ गईं, मानो दैत्यों का झुंड एक-एक करके अंधा हो गया। सार्जेन्ट भी तिलभर नहीं हिला। उसके काले चश्मे के काँच पर कुकुर-जुलूस की प्रतिछाया! उसके होलस्टार में क़ैद, उनके रिवॉल्वर पर पसीने की बूँदें जम गईं। स्टेच्यू! हालाँकि यह बात इतनी अकल्पनीय थी कि सहसा 'हाइ हिटलर' कहकर चीख भी सकता था। कौन कह सकता है कि और-और असंख्य स्वरनलियों और मुँह की गुफाओं से इस चीत्कार की ही वजन पर, समर्थन की आवाज़ नहीं उभरेगी? कलकत्ता आजकल माफिया लोगों का शहर है। यह शहर अब कुत्तों के रहने-सहने के लिए अपमानजनक है! अपमानजनक! इसीलिए, इस शहर को चार-चार पंजों से लात मारकर, तमाम कुत्ते जा रहे हैं। भों! भों!!

कनजोड़ी ने कहा, "पता है जिप्सी, कलकत्ते ने इस किस्म का दृश्य, अपने बाप-दादों के जन्म में भी नहीं देखा।"

"न देखा है, न देखेंगे।"

"इनका चेहरा नहीं देखा? कैसा बेचारा-बेचारा नज़र आ रहा है। जुबान से हकलाते-हकलाते भी कोई आवाज़ नहीं फूट रही है।"

"असल में ये लोग समझ ही नहीं पा रहे हैं कि मामला क्या है। जो लोग अपने को जरूरत से ज़्यादा बुद्धिमान समझते हैं, अंत में गूँगे मर जाने को लाचार होते हैं।"

"मुझे इन लोगों पर ज़रा-ज़रा दया भी आ रही है। कैसा तो नियति के हाथों, अपने को सौंप दिया है।"

"ब्रॉयलर बन गए हैं! सूरत-शक्ल से तो इंसान जैसे होते हैं, लेकिन असल में ब्रॉयलर है। मुझे इन लोगों से ज़रा भी हमदर्दी नहीं हो रही है।"

"क्या होनेवाला है, ये लोग अभी भी बेख़बर हैं।"

"ऐसा ही होता है, बिल्कुल ऐसा ही!! काफी कुछ इन लोगों को नहीं पता होता। सब कुछ अचानक, आसमान की तरह सिर पर टूट पड़ता है।"

आपस में बातचीत करते-करते वे दोनों इतना मगन हो गए थे कि उन लोगों ने ख्याल ही नहीं किया कि बादामी और बिल्ली भी, इस दीर्घ सफ़र में, उनके साथ आ मिली थीं।

"एइ, तुम लोग फिजूल की बातें करने में अपनी ताकत क्यों बर्बाद कर रहे हो? हमें अभी और तेज़-तेज़ चलना है! और ज़ोर-ज़ोर..."

"हम सब जा कहाँ रहे हैं, मेरे दिमाग़ में तो यही नहीं घुस रहा है। जगह पता चल जाए, तो आसानी होती न?"

"जगह कोई नहीं है? जितनी दूर हो सके, हमें यहाँ से चले जाना है। जितनी दूर जाना संभव हो..."

दुनिया भर की ख़बरें बी. बी. सी. पर प्रसारित होती हैं। दुनिया के जिस भी कोने में, जो कुछ भी घटता है! जगह कोई भी हो, कितनी भी दूर हो, किसी भी देश की हो! हमारे भ्रमणशील रिपोर्टर, हर घंटे, हर खबर, आपके घरों तक पहुँचाते हैं। कलकत्ता के बारे में हमारी जानकारी 'सिटी ऑफ द ड्रेडफुल नाइट', खौफनाक रात का शहर या 'दि ग्रेट कैलकटा सिलिंग' यानी भयावह हत्यावाला शहर के रूप में है। लेकिन भविष्य में दुनिया इस कलकत्ता महानगर को 'ग्रेट एक्सोडस' यानी महानिष्क्रमण के रूप में जानेगी। कलकत्ते से बाहर की तरफ जितने भी रास्ते निकले हैं, सभी रास्ते, सभी राष्ट्रीय मार्ग या एक्सप्रेस-वे, चलते हुए कुत्तों के दंगल ने दखल कर लिए हैं। गैर-सरकारी सूत्रों से यह खबर मिली है कि कलकत्ता पर महा-विपर्यय बस, आने ही वाला है। इससे ज्यादा कुछ कहने को वे राजी नहीं हुए! जेनेवा में

किसी निर्वासित, रूसी ज्योतिषी ने कहा है कि इस विपर्यय के बारे में ज़रूरी तथ्य, 'नासा' के पास मौजूद हैं, लेकिन राजनैतिक स्वार्थसिद्धि के लिए वे लोग ख़बर की जानकारी नहीं दे रहे हैं।

हमारा कैमरा इस वक्त सड़क के किनारे, कुत्तों की ऊँचाई-बराबर रखा गया है। जो आवाज़ें साफ-साफ सुनाई दे रही हैं, बीच-बीच में पॉपी-पिल्लों की काँय-काँय! कूँ-कूँ! इसके अलावा, अन्य जो एकमात्र आवाज़, माहौल में गूँज रही है, वह है, कुत्तों के हाँफने की! पता चला है कि मुट्ठीभर बिल्ले-बिल्लियाँ भी, इन शहर-त्यागी कुत्तों के दल में शामिल हैं। पिंजरापोल 1, 2 और 3 खोल दिए गए हैं। लेकिन 2 और 3 नंबर पिंजरापोल में अनगिनत कुत्तों की मृतदेह के अलावा, और कुछ नहीं है। कलकत्तावासी जिस वैज्ञानिक के आग्रह पर आखिरकार पिंजरापोल खोल दिए गए हैं, अभी कुछ ही देर पहले, उन्होंने हमारे प्रतिनिधि को साक्षात्कार देते हुए बताया–

बी बी सी : आप तो इस मामले से शुरू से ही जुड़े हैं। आपको क्या लग रहा है?

वैज्ञानिक : मेरी राय में कुत्तों के विरुद्ध यह अत्याचार, ज़ोर-जुल्ममूलक अभियान चलाना, बेहद ग़लत है। इतने स्पष्ट शब्दों में न सही, मैंने पहले भी इसका विरोध किया था। सच पूछें, तो फिलहाल वैज्ञानिक नज़रिये से, इसकी कोई व्याख्या मेरी समझ में नहीं आ रही है।

बी बी सी : किस बात की व्याख्या समझ में नहीं आ रही है?

वैज्ञानिक : अब इस कुत्ते की तस्वीर देखें। टेराकोटा रंग! विशाल चेहरा! आम बड़े कुत्तों से कम से कम तिगुना विशालकाय! अब इस तस्वीर को गौर से देखें। यह मिस्री मिथकपुराण का अलौकिक कुत्ता है–अनुविस! कुत्तों के देवता, अनुविस की तस्वीर! मैं तो हैरान हूँ, यह क्योंकर संभव है!

बी बी सी : यह तस्वीर जाली नहीं है, इसका क्या सबूत है?

वैज्ञानिक : मतलब? यह तस्वीर मैंने खुद उतारी है।

बी बी सी : आपको क्या लगता है? क्या होने वाला है?

वैज्ञानिक : मुझे नहीं मालूम। विश्वास कीजिए, इस बारे में मुझे कोई अंदाज़ा नहीं है। लेकिन मेरा मन बार-बार यह कह रहा है कि भला कुछ नहीं होनेवाला! हो नहीं सकता! कुछ भी भला होना असंभव है।

हमारे रिपोर्टर का कहना है कि इन क्रमहीन, असंलग्न बातों से स्थिति की कोई साफ़ तस्वीर नहीं उभरती। कोई भी स्पष्ट जानकारी असंभव है।

अभी-अभी खबर मिली है कि अमेरिकी संयुक्त राष्ट्र, युनाइटेड किंगडम और

जर्मन दूतावास, कलकत्ता स्थित अपने कर्मचारियों को, अन्यत्र हटा लेने का इंतज़ाम कर रहे हैं। कुत्तों के महानिष्क्रमण के बारे में ताजा जानकारी मिलते ही, हम आपको खबर देंगे! स्टे ट्यूनड!...

कुकुर-सागर के ऊपर-ऊपर ही छायापथ की राह छाया-कुकुर उड़ते हुए! वहाँ बादलों पर क़दम रखते हुए आगे बढ़ना होता है!

लाइका ने कहा, "उन लोगों को अपनी रफ़्तार और तेज़ करनी चाहिए। अभी भी वे सब विपत्ति-सीमा से बाहर नहीं पहुँचे हैं।"

अनुविस ने जवाब दिया, "विपत्ति-सीमा से बाहर तो नहीं गए, मगर निकल जाएँगे। वैसे अभी भी सात घंटे बाकी हैं।"

8

बुझ गया है, उजाला समेटे, सूरज!
अँधेरे-अनन्त महाशून्य में, ढूढ़ते फिरते हैं सितारे
रश्मिहीन, पथविहीन, बर्फीली पृथ्वी दृष्टिहीन
कृष्णतर, चंद्रविहीन, आसमान पर,
आती और गुजर जाती है सुबह, फिर-फिर लौटती है।
लेकिन, नहीं लाती कोई उजला दिन!

–जार्ज गॅर्डन बायरन

सात घंटे! कुल सात घंटे बाकी हैं! सात घंटे यानी चार सौ बीस मिनट! वैसे यह कोई अकल्पनीय माप का समय नहीं है! कुल पचीस हज़ार, दो सौ सेकंड। इतना-सा वक्त दौड़कर गुज़ार देने के लिए, एक दौर नींद ही काफी है। लेकिन इसे पूरी-पूरी नींद नहीं कहा जा सकता। बेहद मामूली-सा वक्त है, फिर भी दो-एक सपने देखना जरूरी है। कुल मिलाकर सात घंटों का इंतजार! वैसे भी सोना जरूरी है या नींद आ ही जाएगी, ऐसी भी कोई बात नहीं है। भों! भों!

यह बात पहले ही बताई जा चुकी है कि तीनों पिंजरापोल खोल दिए गए थे। अगर ठीक-ठीक कहा जाए, तो इनमें से 2 और 3 नंबर पिंजरापोल के सभी कुत्ते मर चुके थे। 1 नंबर पिंजरापोल में प्रार्थनारत उन सब बूढ़े कुत्तों ने, ज़ोर की आवाज़ के साथ दरवाज़ा खोले जाने के बावजूद, उस तरफ पलटकर भी नहीं देखा। जलती-बुझती तेज़-तेज़ रोशनी फेंककर, शून्य में बन्दूक से खाली गोलियाँ दागकर, उन सबको सजग करने की कोशिश की गई, लेकिन सारी कोशिशें नाकाम! आखिरी

वक्त में क्या हुआ, यह तो पता करना संभव नहीं हो सका, लेकिन अंदाज़ा लगाया जा सकता है कि आखिरी सात घंटे, वे सब अपनी-अपनी जगह से हिले-डुले भी नहीं। आखिरी पलों में वे लोग ज़ोर-ज़ोर से हँसे थे या नहीं, यह पता करने का भी अब कोई उपाय नहीं है।

कुत्ते कलकत्ता शहर छोड़कर जा रहे थे, क्योंकि उन सबको यही आदेश मिला था। कलकत्ता शहर अब नहीं बचेगा। कलकत्ता शहर अब ध्वंस हो जाएगा। डोगोन जानते थे, कुत्ता-तारा, लुब्धक ने अपना अमोघ फैसला सुना दिया है। लेकिन असभ्य डोगोन लोगों के साथ सभ्य कलकत्ता का कोई नाता-रिश्ता नहीं है। उसके इस निर्मम फैसले को उसके जोड़ीदार सितारा, सफेद बौने, सिरिअस-बी की भी सहमति मिली है। लुब्धक का व्यास है—48 लाख किलोमीटर! सूर्य का व्यास 14 लाख किलोमीटर! लुब्धक का रंग नीलाभ सफेद! उसकी प्रभा सबसे अधिक है—1.45! छोटा कुकुरमंडल या कैमिस पाइनर है! इस तारामंडल में प्रश्वन भी शामिल है। पृथ्वी से प्रश्वन की दूरी 11.3 आलोक वर्ष है। उसने भी संदेशा भेजा है कि लुब्धक का फैसला बिल्कुल ठीक है। वृहत कुकुरमंडल के सारे तारों समेत जो कुकुर है, वह कालपुरुष का संगी है। कालपुरुष ने भी सहमति जतायी है और लुब्धक उस हिंस्र कुत्ते को लुलुआने के लिए उसी आवाज़, उसी अंदाज़ में गुर्राया—लू! लू!

उस ललकार से उत्तेजित होकर, एक ग्रहिका तारा, सीधे कलकत्ता शहर पर उतर आया। अब कोई उज्र-आपत्ति, कोई प्रार्थना, कोई अपील उसे वापस नहीं लौटा सकती! भों! भों!!

65 मिलियन वर्ष पहले 10 किलोमीटर आकार का ग्रहिका तारा या एस्टरॉयड, इस पृथ्वी पर टूट गिरा था और उसी महाविस्फोट के धमाके से पूरा का पूरा डायनोसर समूह निश्चिन्ह हो गया। समूची दुनिया से डायोनोसर का नामोनिशान मिट गया। यह खबर भी बहुत पहले ही दी जा चुकी है कि इस किस्म का महाध्वंस, महासंहार 450, 350, 225, 190 मिलियन साल पहले भी हुआ था। सन् 1989 में, 1000 मीटर माप का एक ग्रहिका तारा पृथ्वी के कक्ष में आ पड़ा था। कुल 6 घंटे पहले, पृथ्वी वहीं मौजूद थी। सन् 1996 की मई में, उसी माप का एक और ग्रहिका तारा, कुल 4 घंटे के फर्क़ की वजह से धरती पर हमलावर नहीं हो सका।

कलकत्ता शहर के ऊपर जिस कुत्ते को पीछे लगा दिया गया है, वह 1 लाख किलोमीटर प्रति घंटे की रफ़्तार से आगे बढ़ता आ रहा है! उसका ठीक-ठीक माप और वजन फिलहाल बताना मुश्किल है। वह उन्मत्त कलकत्ते पर टूट पड़ेगा और भस्म होकर एकदम से उड़ जाएगा। लेकिन उसके गिरने से जिस महा-गह्वर की सृष्टि होगी, वह उस कुत्ते के व्यास से दस गुना और गहराई में दुगना विशाल होगा। उस कुत्ते का जो वजन है उससे सौ गुनी भारी चट्टान, आकाश तक फूँक में उड़ सकती

है। पहली चोट और विस्फोट के बाद, कुछेक लमहे को हवा-बाताश तक रुक जाएगी! समूचा कलकत्ता दबे-दबे अंगारे-सा धधक उठेगा। उसके बाद लाखों-लाखों खौफनाक आँधी-तूफ़ान एक साथ फूत्कार उठेंगे। समूचे कलकत्ता शहर में धाँय-धाँय लपटें उठने लगेंगी; गल-सड़कर निश्चिन्ह हो जाएगा, जलकर बिल्कुल खाक हो जाएगा, कलकत्ता! इसके बाद, धूल के बादल, बख़्तर की तरह समूचे सूरज को ढँक लेंगे। उस बर्फीली रात का आलम कितने दिनों तक रहेगा, यह बताना मुश्किल है! समूचे भूखंड की तापमात्रा माइनस 20 डिग्री सेंटिग्रेड तक उतर आएगी और कई-कई महीनों तक बर्फीले अंक तले ही रहेगी। प्रलय के मेघ, कलकत्ता शहर को प्रलय के अँधेरे में ढँके रखेंगे। इस निर्मम भविष्यवाणी का मंत्रोच्चार करते हुए, कुकुर-उपकथा 'लुब्धक' अपने अंतिम पर्व तक आ पहुँची है। कलकत्ता महानगर अब जड़-अचल, प्रतीक्षारत् पिंजरापोल बन गया है। मौत ही उसकी सज़ा है।

लेकिन, अभी भी, हाथ में सात घंटों का समय बच रहा है!

भों! भों!! भों! भों!!

•••

